U0609769

裘山山 著

死亡设置

天津出版传媒集团

百花文艺出版社

图书在版编目（ＣＩＰ）数据

死亡设置 / 裘山山著. -- 天津：百花文艺出版社，
2017.1

ISBN 978-7-5306-7195-5

Ⅰ.①死… Ⅱ.①裘… Ⅲ.①中篇小说–小说集–中
国–当代②短篇小说–小说集–中国–当代 Ⅳ.
①I247.7

中国版本图书馆CIP数据核字(2016)第311232号

选题策划：于静筠　　　　　　封面设计：苏艾设计
责任编辑：于静筠

出版人：李勃洋
出版发行：百花文艺出版社
地址：天津市和平区西康路 35 号　邮编：300051
电话传真：+86-22-23332651（发行部）
　　　　　+86-22-23332656（总编室）
　　　　　+86-22-23332478（邮购部）
主页：http://www.baihuawenyi.com
印刷：天津新华二印刷有限公司
开本：787×1092 毫米　　1/32
字数：124 千字
印张：7.125
版次：2017 年 1 月第 1 版
印次：2017 年 1 月第 1 次印刷
定价：28.00 元

目录

死亡设置

简向东第一眼见到陆锡明时，感觉他虽然眉头紧蹙，但并不是特别难过的样子。他见过很多被害者家属，多数的神情是悲痛不已，无法控制。但陆锡明给人的感觉就是心烦意乱，仿佛遇到了一个大麻烦，脑门上恨不能写一个"糟"字。他打开家门，把简向东带进房间，自己一屁股坐在沙发上，仰头望着天花板。

今天早上七点警队接到报案，说世纪花园地下车库发现一名女性死者。警察赶到现场后发现，死者身体已僵硬，估计死亡五小时以上。由于死者是在自家车位上被害的，车位恰在车库的一个死角，所以直到今天早上才被发现。与死者车位相邻车位的小区业主开车上班，看到死者四仰八叉倒在地上，血流遍地，被吓得魂飞魄散，打报警电话的时候声音还在发颤。从倒地的情形看，似乎是死者刚要打开车门，就被人袭击了。车钥匙掉在尸体旁，被血液黏住。

很快就查明死者是这个小区四栋401房的女主人，袁红莉，三十岁。简向东在小区物管的引领下找到了他们家，家里却空无一人。几经周折，才打通了死者丈夫陆锡明的电话，陆锡明匆匆从单位赶回家，已接近九点了。

陆锡明在电话里得知妻子被杀时，出现了片刻的无语，让简向东以为电话断了，喂了好几声，他才应答。他不会吓傻了吧？但真的见到了人，简向东马上察觉他并不太悲伤。不过，从另一个角度说，表明他没有刻意表演，还算诚实。因为在他回来之前，简向东已经从小区物管那里得知，他们夫妻关系不太好。

现在走进他家，只简单地巡视了一下，简向东就感觉到物管说的话没错。首先家里一张夫妻合影照都没有，这对结婚才几年的夫妻来说比较少见。其次他们显然是分居的，书房里也铺着一张床，枕头被子齐全，枕边还有两本书。已经是异床异梦。

陆锡明个子不高，白白净净的，还戴了副眼镜，看上去度数不低。说话有条有理、不卑不亢，与他的身份很相称。他的身份是市政府某局某处副处长。

简向东简单地询问了他昨晚的情况。陆锡明的回答也很简单，他说他昨天下午五点左右就出门了，约好了跟朋友吃饭的，饭后又一起去酒店看球赛了，阿根廷对德国,所以没有回家睡觉。今天一早从酒店直接去单位上班的,因为一早就有个会。接到警察电话时正在开会。

这么一清二楚、有条有理的,反而让简向东心里犯嘀咕。

简向东问,嗯,你经常在外面住宿吗?

陆锡明说,不不,就是最近,因为看球赛的缘故,在外面住了几次。半夜回家她会不高兴的,说我把她吵醒了。

简向东说,没想到你们政府官员也有兴致看世界杯。

陆锡明说,不应该意外吧,我们也是普通人。尤其是最近这段时间,压力太大,需要放松一下。你懂的。

简向东心说,我哪儿懂,我又没在官场混过。但他只是哦了一声,继续问:那你知道她昨天夜里十一点多外出,是要去哪里吗?

陆锡明说,不知道,我哪儿知道。

简向东说,你们家这辆车,平时谁开得多?

陆锡明说,当然是我开得多,她偶尔开。陆锡明说完后马上明白了简向东的意思,又补充说:昨天我考虑到要喝酒,就没开车,是朋友开车来接我的。需要我朋友做证吗?

简向东说,目前还不需要。

陆锡明从沙发上站起来,去冰箱拿了两瓶苏打水,递给简向东一瓶,自己打开一瓶喝了几口,好像是淡定一些了。

他蹙眉问,是抢劫杀人吧?

简向东说,目前还无法确定。

陆锡明说,为什么?这不是很明显吗?

简向东说,哪里很明显?

钱包手机都没了呀!陆锡明说,她钱包里肯定有不少现金,她喜欢放一沓现金在身上,也喜欢把卡都放在身上,还喜欢戴项链戴首饰,我说过多少次了不要这样,太招人惹眼了,她就是不听,这下好了,终于招来杀身之祸……

简向东没有回应,在本子上记着什么。

是。从现场初步调查看,抢劫杀人的可能性很大。但简向东觉得还不能这么快就定性,作案凶器没找到,尸检结果也没出来。眼下看,就有个无法解释的疑问:死者为什么会夜里十一点跑出去?而且还穿着睡裙?虽然睡裙不是那种特别暴露的,但一看还是临时起意出门的。一定是有什么急事,或者有人叫她了……

每一个疑点都解开,才会露出真相。

2

田野来了。一看他那个肿眉泡眼的样子,简向东就知道他昨晚又熬夜看球了。田野嘟嘟囔囔地说,我同学都说我干刑侦很酷,酷什么酷,动不动就大清早出来看尸体。

他一边说一边把手上的一袋包子递给简向东。简向东接过来,塞进嘴里一个,笑着说,看了尸体马上吃包子,不是更酷?

跟着他把田野拉到门外,问,怎么样,有什么线索?

田野说,作案凶器没找到。但死者的包找到了,丢在车库一个角落里,里面的钱夹和手机都不见了,只有纸巾、梳子、镜子、口红等不值钱的东西。手机拨打是关机状态。钱包里的现金数目以及银行卡情况尚不确切。包拿去检测指纹了。老姚他们去查车库的监控录像了。

简向东说,我刚才问了死者丈夫,他说他妻子很爱带现金在身上,估计有几千。银行卡至少有两张,一张他的工资卡,一张交行储蓄卡,都是结婚时她的。加起来应该不少于十万。另外,她脖子上还应该有一条铂金项链,价值五千多,耳朵上有一对铂金耳环,两千多,都是结婚时买的。手上不知戴了什么,也许是块表,也许是镯子。他说她是个爱显摆的女人。

田野说,目前死者脖子上、耳朵上什么都没有了,手腕上也是光的。

简向东想,这么说,的确很像是抢劫杀人。

抢劫杀人案可以说是凶杀案里的硬骨头,嫌疑人太没有确定性,调查的范围大而无边。但在没有掌握确凿证据之前,不能有先入为主的倾向,否则有可能会放过重要线索。这是简向东多年来的体会。

田野努努嘴:他昨晚在哪儿?

简向东说,他说他昨天下午五点左右离开家,和朋友聚餐。之后就跟你一样,在外面看球赛,看完直接上班。今天早上接到我电话时正在开会。

田野说,很吃惊吗?

简向东说,对,感觉不像是装的。

简向东回到客厅,注意到客厅沙发的茶几上,有一台手提电脑。他问,这是谁的? 陆锡明说,是她的。

简向东就走过去,敲了一下键盘,屏幕亮了。显然是没有关机,而且连网页也没关,打开的是购物网站。另外有 QQ 头像在闪动。

简向东说,我可以检查一下吗?

陆锡明说,请便。

闪动的头像,一个网名叫"午夜玫瑰",另一个叫"威尔"。

"午夜玫瑰"问,亲,你在吗? 时间是昨晚十一点五分,得到的是:[自动回复]您好,我现在有事不在,一会儿再和您联系。

"威尔"跟死者晚上七点左右曾有过对话。之后过了三个多小时,到晚上十点二十,死者再次跟"威尔"打招呼,还在吗?但"威尔"没有回复,直到十一点才回复了一个:在。什么事?但和"午夜玫瑰"一样,得到的是:[自动回复]您好,我现在有事不在,一会儿再和您联系。

也就是说,十一点之前,死者离开了电脑。

让简向东意外的是,死者的 QQ 好友,仅仅只有八个。这个是非常少见的。一般人的好友总会有几十个甚至上百个,联系不联系是另一回事。连简向东这种一年上不了两次 QQ 的,都有上百个,光是他们班大学同学就三十多个,中学同学四十多个,还有同事亲戚乱七八糟的。

这倒给我省事了。简向东心想。

他转过头问陆锡明,这两个人你认识吗?

陆锡明取下眼镜,凑到电脑屏幕前,看了一眼说,那个"午夜玫瑰"好像是她的女友,叫伍晶晶,在美容院工作。另一个我不认识。

陆锡明的近视挺厉害,简向东注意到。

没费多少时间简向东就确定了,八个好友里,与死者关系最密切的就是"午夜玫瑰"。她们几乎每天都聊,且无话不说,看来是闺密。

而那位"威尔",不出简向东所料,果然是个律师。因为死者跟"威尔"的大部分对话都是关于离婚的,显然死者是在向"威尔"咨询离婚方面的法律问题。由此可以看出,死者已经有了离婚意向。

简向东空闲时唯一的爱好就是看美剧,尤其喜欢法律方面的,所以一看到"威尔",就想起那个热播的《傲骨贤妻》了。里面那位又帅又有才的大律师就叫"威尔"。简向东很喜欢威尔,估计这一位,也是威尔的粉丝。不过,真要进入现实生活中,尤其是中国的现实生活中,威尔是潇洒不起来的。

这三个人,死者丈夫、闺密、律师,看来就是与死者关系最近的人了,都需要面谈。

一个一个来吧!简向东想。

3

陆锡明实在是恼火。进入七月以来他一直都很恼火,今天算是达到顶峰了。难道上次在山上遇见的那个算命先生,说他在四十岁之前有一坎儿,就是这个坎儿吗?这坎儿够大的,而且是起伏重叠的。

七月起,差不多每天都有坏消息在他头上飞,除了空难、公交爆炸这样人人都恐慌的大灾难之外,更让他心烦的是与他相关的那些。上周他的大老板被带走了,"涉嫌严重违纪接受组织调查"。这周又有两个同僚被约谈。本来六月份姐姐打电话告诉他,父亲查出肝癌,他打算回去一趟的,现在形势这么紧张他也不敢走了,怕人家疑心他心里有鬼。实际上他心里的确有鬼。这如火如茶的反腐再继续下去,不但他下半年的副处转正处要泡汤,恐怕仕途都会泡汤。他每天都在暗暗祈祷,大老板的案子千万别把自己扯进去。自己可算不上是他的嫡系。不过,也不能否认,他是他提拔的,而且……

正因为太心烦,昨晚才会喝多。

没想到一觉醒来,就发生了这事。前面的事再不好,毕竟还只是身边的,这个可是发生在自己身上了。他接到电话的那一瞬,头皮发麻,脚有些发软。他还从来没有这么不淡定过。

袁红莉竟然死了,而且死于凶杀!

他跟着警察去现场的时候,尽管有万般思想准备,还是感到触目惊心。这个女人,死得也太惨了。他承认,他曾在暗中无数次地祈祷,让那个婆娘去死去死去死吧!甚至有两回克制不住想掐死她。但现在真的死了,他还是感觉很糟糕,糟糕透了。一个活生生的女人,就这样,头破血流地结束了生命。

回想起来,昨天他离开家的时候,她表现很正常,脸色比平时看上去还好些,甚至还主动跟他说了几句话,问他比赛是几点钟开始,还提醒他喝了酒不要开车。态度平和到让他意外。他当时还想,是不是她对离婚的事想通了,打算好说好散?

刚才他问警察,应该是抢劫杀人吧?

那警察居然别有意味地看了他一眼,然后说,不好说。

不好说是什么意思？难道还会是谋杀？难道除了我恨她还有其他人也恨她？不会吧？

那个高个子警察也是个球迷，上来就问他，你们怎么去酒店看球？他说，不是大家在一起看热闹嘛！警察说，我的意思是，为什么不去酒吧看？

他心里一惊，连这个都怀疑？他解释说，酒吧都是年轻人，太吵。

其实去酒店的真实原因，不是为了看球。这些日子局里谣言四起，人心惶惶。他们几个想互通一下情况，感觉在哪儿说都不安全，就想借看球聚一聚。结果一聊，彼此知道的都差不多，茫然的也差不多。于是一阵叹气，别无收获，就喝了一顿闷酒。

没想到偏偏在这个晚上，袁红莉死了。

这个女人，真的是自己的冤家，就是死也要拖住自己，不让自己好过。如果警方怀疑是谋杀，他首先就会成为嫌疑人，不管他如何坦荡，如何有不在现场的证明，也会被怀疑的。何况连他自己都承认，他既有作案动机，还有作案时间。因为昨天晚上十点多，他的确独自离开过酒店，估计酒店的监控录像会有记录。要摆脱干净很麻烦。

这段时间他有太多的苦恼烦闷，想找人倾诉。放在以前，他会毫不犹豫地去找文敏，文敏不但会安慰他，帮他梳理,而且非常可靠,不会传出去,什么都可以放心地跟她说。这个女人,真的是他这辈子最想要的女人。

可是也不知怎么了,从上周起,文敏突然不愿意和他见面了。每次他提出跟她见面,都被她婉拒,要么说学校有事,要么说家长在她家里,要么说身体不舒服。这让陆锡明疑心重重,难道她也听说了什么官场上的事,想和他撇清关系吗?

不会。文敏不是那种人。而且她一个老师,在乎这些干什么。

那么,是她失去耐心了吗?也的确是等得时间太长了,他原先许诺半年内解决问题,哪知拖了一年多也没有眉目。袁红莉死咬着不放,他无法获得自由。可是,文敏原本单身,不该影响她什么。

除非是她有了其他男人。

想到这一点,陆锡明心里跟猫抓一样不得安宁。

今天早上陆锡明在接到警察电话赶回家的路上,再次给文敏打电话,文敏居然关机了。他想告诉她,袁红莉死了,还想告诉她,如果警察找她,就说什么都不知道。可是她竟然关机。搞不懂。真的搞不懂。看来他要被这两个女人给毁了。

如果文敏铁了心要和他分手,那么即使袁红莉死了,对他也没有什么意义了。他是为了文敏才巴望袁红莉死的。

这时那个矮胖的警察走过来问他,是否知道他妻子的两个网友的联系方式。就是"午夜玫瑰"和"威尔"。警方发现他们和他妻子联系最为密切,直到昨天傍晚还有联系。

陆锡明只知道那个"午夜玫瑰"是她的闺密伍晶晶,美容院的。另一个却不清楚,似乎是袁红莉新近认识的。

警察跟他说话很客气,但还是明确表示,希望他这段时间不要离开本市,他们会随时与他联系,询问情况。

这是被调查的节奏吗?但他还是表示一定会配合。

此刻他心里想得最多的是,怎么才能在不牵扯文敏的情况下,说清楚昨晚的情况,证明自己是清白的。

他打定主意,如果警察不追问昨晚的情况,就暂时不提文敏。

这时他忽然想起一件事,连忙叫住正准备离开的矮胖警察:

对了,我想起来了。我昨天走的时候,听见她在打电话,好像是那个伍晶晶叫她去看电影。

4

伍晶晶从写字楼出来,准备去隔壁的小店买盒饭,刚出电梯,就有两个男人迎了上来。

请问你是伍晶晶吗?其中一个矮胖的问。

伍晶晶懵里懵懂地点头。两张面孔都很陌生,她下意识地看看大厅,还好,有不少人在走动,不至于发生网上看到的那种狗血情节,大白天的,就被莫名其妙地绑架走了。

两个人似乎看出了她的紧张,其中一个从口袋里掏出证件说,我们是警察,有点儿事想问你,请配合一下。

伍晶晶瞬间腿就软了。警察?她从来没跟警察打过交道,连交通警都没说过话。她怎么了?她傻乎乎地说,我怎么了?我什么事也没做,我一直在上班,我今天是早班,从早上上到现在。不信你去问我们美容院的人。

矮胖的那个说,你不要紧张,我们只是问一些情况。

伍晶晶没有看他递过来的证件,问什么?你们要问什么?

你认识袁红莉吧?高个儿的那个有些不耐烦了。

伍晶晶有些奇怪,认识啊!她是我客人。

她死了。警察毫不客气地把这个噩耗扔给了伍晶晶。

啊?!她死了?怎么死的?什么时候?伍晶晶吓得眼泪都流不出来,傻在那里,腿开始发软。

难怪,难怪。昨天夜里她QQ离线,今天上午发微信也没回。以往她不是这样的。怎么会这样?是谁干的?伍晶晶大脑一片空白。

矮胖的警察拉了她一下说,走吧!到车上去说。

伍晶晶就木呆呆地跟着他们，上了停在院子里的警车。

警察说，袁红莉死于非命，是在地下车库被人刺死的。

警察还说，凶杀案发生在昨天夜里，今天早上才被人发现。

警察没有给她看现场照片，只是描述说，袁红莉倒在她自己的车子旁边，感觉是她刚要开车门的时候就被人袭击了，用的是棍棒之类的凶器，脑袋上致命一击，身上也挨了无数下……但就这个简单的描述，也把伍晶晶吓得不轻，嗓子眼儿发紧，浑身绵软。活到三十岁，她还是第一次遇到这么可怕的事。

是，是抢钱的吗？她声音发抖地问。

警察说，不排除这个可能。现在还处在调查阶段，我们不能确定此案的性质。

警察简单地说了情况后直入主题，嗯，是这样，我们在死者的电脑里，找到了她的QQ聊天记录，我们发现她的好友不多，你是其中之一，你们几乎每天都要聊天，关系很好。是吧？

伍晶晶还是回不过神来。怎么会发生这样的事？好端端的，一点儿征兆也没有。前天，袁红莉还来美容院洗过脸，做过精油推背。就只有昨天她们没联系。本来昨天也是约好了要看电影的，莉姐忽然说不想去了，她只好自己去了。哪知……

矮胖的警察说,刚才你说她是你客人。她不仅仅是你客人吧?

伍晶晶说,嗯,开始是客人,后来就成了朋友。

说到这儿,伍晶晶忽然意识到,自己唯一的朋友,天天在网上见面的莉姐,死了!而且死得这么惨!那个她经常护理按摩的身体僵硬了,那个经常送她东西的人再也不能说话了!一种害怕和悲伤的感觉涌了上来,眼泪终于出来了,一出来就止不住,汹涌澎湃的,尽管当着两个陌生男人的面,她还是号啕大哭起来。

两个警察耐心地等着。矮个子那个,还扯了几张纸巾给她,说,我们理解你的心情。你也一定希望尽快抓到凶手吧!所以请配合我们,尽可能地提供线索。

伍晶晶从号啕转为抽噎,依然好半天开不了口。

一定是他,一定是那个陆锡明!

伍晶晶心里响起袁红莉说的那句话:如果哪天我突然死了,肯定就是他杀的,晶晶你一定要记住。

她抽噎着问,陆锡明,他昨天晚上不在家吗?

矮个子说,你是说死者的丈夫吗?据他自己说,他昨天晚上约了朋友在酒店看球,看完球就在酒店睡了。

哼,肯定是借看球跟那个情人约会去了。伍晶晶想,不管他昨晚在干什么,他就是最大的嫌疑人。他那么恨她,想收拾她。

你跟她丈夫熟悉吗?

不熟悉。

那你怎么那么顺溜就说出了他的名字?

伍晶晶愣了一下,之后说,因为莉姐经常说起他,经常把他的名字挂在嘴上。

他们夫妻关系怎么样?

伍晶晶不说话。

高个子有些不耐烦了,请你把知道的情况都告诉我们,协助我们尽快破案。

伍晶晶沉默着。她当然知道他们关系不好,非常不好,糟糕透了。莉姐每次说到他都是气鼓气胀的,一口一个陆锡明那小子,有时候直接叫那个姓陆的,或者说那个狗日的。

伍晶晶突然说,我要看你们的证件。

警察愣了一下,还是掏出证件递给她。她看了矮个子的那个,又要求看高个子的。矮个子的那个,长得很不像警察,名字倒很利落,叫简向东。高个子的年轻的那个,叫田野。他们的确是警察。

看来,莉姐是真的死了,伍晶晶绝望的眼泪又涌了出来。可是,那么晚,莉姐出去干吗呢?她不是说她不想出门吗?

昨天晚上,伍晶晶本来是约好跟袁红莉去看电影的,她好不容易说服她妈妈帮她管孩子,团购了两张票,就给莉姐打电话约时间，没想到袁红莉说她不想出门了，她只好自己去。在电影院门口，意外地遇到一个男人……这事让她心里发慌，发虚，又兴奋。昨天夜里她一回到家就想告诉袁红莉的，可她没回应。没想到，竟然出了这么大的事！

简向东收起证件说，其实我们已经知道他们夫妻关系不好了。你不说，我们查看你们的聊天记录也可以弄明白，但为了节省时间，还是请你直接告诉我们。他们夫妻不和的原因你知道吗？

伍晶晶还在发呆。

简向东忽然问，昨天晚上六点到十二点，你在做什么？

伍晶晶一下子紧张起来，我，我没做什么，就在家。

伍晶晶说完，拿纸巾一个劲儿擦眼睛擤鼻涕。

简向东继续追问，是在家吗？那为什么你昨天晚上没和袁红莉聊QQ呢？你们不是每天晚上都聊天吗？

伍晶晶说，那个，昨天晚上，我有点儿累，很早就睡了。

不对吧，昨晚十一点刚过，你还上去和她打了个招呼。简向东说。

说实话吧，你不说实话，等我们发现你撒谎就不好了，田野说，他总是比简向东更不耐烦。你个人的事，我们会替你保密的，但有关案情的事一定要告诉我们。你

17

老老实实说了,也能排除你的嫌疑。

我能有什么嫌疑?伍晶晶脱口而出,我昨天晚上看电影去了,是《变形金刚4》,我有电影票。看完回到家都十一点多了,我就上QQ跟她打了个招呼,她没回,我以为她睡了……

伍晶晶突然哽咽,我跟莉姐关系特别好,她是我唯一的朋友……我真没想到会发生这样的事,要是知道,我昨天无论如何也会给她打个电话的,都怪我……

说着眼泪又下来了。

简向东说,这个怪不上你。你接着说陆锡明吧。你知道他们没孩子的原因是什么吗?是一方不能生育还是怎么回事?

伍晶晶吓了一跳。这个警察,问问题怎么跳来跳去的?怪吓人的。

5

伍晶晶是从川南小城泸州来成都打工的,先是在一家健身俱乐部当服务员,后来就进了美容院,在美容院已经做了五个年头了。虽然辛苦,也算有了一份稳定的收入。五年前结了婚,丈夫也是从泸州来打工的,在修车厂。他们有一个女儿,四岁。日子过得很平淡,可以说她对生活没什么大的念想,也没什么大的不满。

来美容院的都是女人,有钱的女人。伍晶晶对她们都客客气气的,指望她们多关照自己。但大部分客人,只在做美容期间跟她说几句话,一走出美容院就不再联系了。这个很正常。她们生活在两个圈子里。唯有莉姐,袁红莉,一直把她当朋友。套用一句俗话说,她们有缘。从两年前认识至今,渐渐成了无话不谈的闺密。其实从年龄上来讲,她们同岁,伍晶晶比她大几个月,但按照美容院的习惯,伍晶晶还是叫她莉姐。美容院对所有女客人,不分老少一律叫姐。伍晶晶有几个"姐"比她妈妈的年龄还大,哄她们高兴呗。

伍晶晶还记得第一次洗脸的时候,就发现袁红莉的双眼皮和鼻子都是做过的,甚至能感觉到她的面部还注射过玻尿酸。由此判断,她是个在美容上很舍得花钱的女人,于是就给她推荐她们店里那些贵得离谱的化妆品。因为只要卖出一款,她就有提成。

她先夸她皮肤很白,皱纹不多,就是缺少弹性,应该用点儿胶原蛋白啥啥的,用点儿高效补水啥啥的。袁红莉立马接受,伍晶晶得寸进尺,又给她推荐英格兰玫瑰精油,那个十毫升就得两千多。伍晶晶介绍说,玫瑰精油不但保湿效果好,还可以增加女性魅力,增加性欲,让女人更性感。袁红莉忽然说,这个就没必要了。

伍晶晶知趣地打住,心里却有些奇怪。袁红莉不到三十岁,才结婚一年多,为什么说这个没必要?但袁红莉却兴致盎然地跟伍晶晶聊起来，她说女人就是要爱自己，不能亏待自己，要舍得吃舍得穿。然后还很体贴地教伍晶晶，怎么煲汤，怎么调养。她说她脸色偏黄，肯定缺血，每天都应该喝红枣蜂蜜水。一席话聊下来，让伍晶晶心里很熨帖。很少有客人主动关心她的。更没想到的是，袁红莉第二次来时，就给她带了一大袋红枣和一瓶蜂蜜。东西不论贵贱，难得的是有这份心。

以后，袁红莉每次来，几乎都会给她带东西，有时是衣服，有时是裙子，有时是给她女儿的零食。衣服基本都是新的，她说在网上买的，买了不满意，懒得退了。伍晶晶觉得她对自己这么好，也不再给她推荐乱七八糟的产品了，做服务时特别用心，精油推背时总会多推一会儿。袁红莉呢，每次也都约她，从不换其他美容师。两个人便越来越投合，成了朋友。

现在想来，最根本的原因是，两个人都在这个庞大的喧闹的城市里，没有朋友。袁红莉也是从远离省城的川东小县过来的，在这个城市也没有朋友。她们年龄差不多，相互之间没有利益关系，也没有交叉的社交关系，于是彼此关心，彼此慰藉。

有一回，伍晶晶意外发现，袁红莉的胳膊上有一大块乌青，问她怎么回事？袁红莉起初不说话，跟着眼泪就下来了。

竟然是她丈夫打的！原来她丈夫在外面有女人，袁红莉跟他吵,他就不耐烦,这一回,竟动手打她,他拿起一本书打她的脸,她抬起胳膊去挡,胳膊就被打成这样。

我要不是胳膊挡得快,脸都要被他毁容。下手那么重! 袁红莉愤怒不已,伤心地说。

伍晶晶也很生气,好像自己的姐姐被欺负了。她说,莉姐,这种男人,跟土匪一样,咱们跟他离婚!

没想到袁红莉斩钉截铁地说,不,就不离! 离了就中他狗日的圈套了。他好跟那个婊子在一起,老子就是守活寡也要拖死他!

伍晶晶很吃惊,袁红莉恶狠狠的样子,让那张脸变得有些可怕。夫妻真的会成为仇敌吗? 婚姻真的是说垮就垮吗? 在外人看来,陆锡明三十三岁才结婚,娶了一个小他七岁的老婆,应该好好珍惜才是,哄着才是。然而却相反,他们之间的关系是袁红莉地位低,袁红莉曾经为了拴住陆锡明,动刀子整容,尔后又花大把的钱护肤保养,买衣服买鞋。但依然无法留住陆锡明的心,他们的婚姻依然亮起了红灯。

有一次陆锡明出差,袁红莉就请伍晶晶去他们家做客。伍晶晶一进他们家,就羡慕得滴口水。大客厅、大沙发、大卧室,还有两个卫生间。也难怪袁红莉坚决不离。袁红莉告诉伍晶晶,自打结婚起,她就掌握了简向东的工资卡。这样有吃有穿不用干活的日子,她当然不想放弃。

两个女人一边做饭一边聊天,聊了整整一下午,伍晶晶终于知道了这对夫妻结婚四年来的恩恩怨怨。准确地说，没有恩恩，只是怨怨，加上恨恨。伍晶晶非常同情袁红莉，她没想到这个女人这么悲催，尽管她不缺钱，生活舒适，但每天都活在煎熬中。

用袁红莉的话说，她年轻貌美，嫁给一个比她大七岁其貌不扬的男人，本来就是图个安稳舒适的生活。为此结婚之前，她就掌控了他的工资卡，感觉这样就能管住他，也能有生活保障。

哪知结婚第二年，陆锡明就有了外遇，而且毫不犹豫地提出了离婚。他说反正他们还没有孩子，好说好散，主动提出补偿她五十万。袁红莉当然很生气，并不是她有多爱陆锡明，而是不想这么轻易就被他甩了，必须狠狠地宰一刀再说。她觉得陆锡明虽然是个副处，但肯定不止那点儿钱，她遇到过几次上家里来送钱的。于是开口要一百万。陆锡明不肯。就在此时，袁红莉发现自己怀孕了，离婚便搁浅。

可是两个月后，她莫名其妙地流产了！于是陆锡明再次提出离婚，袁红莉更不愿意了。于是他们天天一小吵，月月一大吵，分床分居，水深火热。

陆锡明态度很强硬，他说袁红莉如果不肯协议离婚，就起诉到法院，到时候她可能分文没有。因为袁红莉长期没工作，这个家的存款、房子等所有财产，都是陆锡明婚前所有。

袁红莉则要挟说，如果陆锡明敢起诉离婚，她就要闹到他们单位去，找他的领导，告他有婚外恋。不但告他乱搞男女关系，还要告他受贿，她亲眼看见陆锡明收了别人的钱。

这一招儿还真把陆锡明给吓住了。陆锡明虽然气得发抖，最终还是没有起诉。

伍晶晶听得毛骨悚然。她本来对自己老公很不满的，跟袁红莉一比，自己真是很幸运了。老公无非就是挣不到钱嘛，可从来不在外面乱搞，对她不错，也很爱他们的女儿，自己还是应该好好珍惜老公……

不过伍晶晶还是不太理解袁红莉，她为什么不肯离婚？即使后来陆锡明不断增加离婚补偿费，五十万、八十万直到一百万，她还是不肯签字。毕竟她还不到三十岁，有了一笔钱，一切可以重来啊！

袁红莉说，你根本体会不到我那种心情，被人耍了，又被人当垃圾一样扔掉，让我以后怎么活？我都没脸回老家了。他就是给我一千万我也不解恨。我就是离婚，也要把他搞臭！

袁红莉说，而且我觉得我流产有问题，医生说感觉像是吃过堕胎药的，一直不干净，还做了清宫手术。我自己不可能吃啊。我怀疑是他偷着给我吃了。因为那段时间他特别殷勤，经常让我喝这个补品那个补品的，里面肯定有鬼。

后来袁红莉终于发现,自己之所以流产,是有人把打胎药混在了她每天都要喝的蛋白粉里!她当然认为是陆锡明干的,这个家还能有谁?但陆锡明死不承认,还说是袁红莉诬陷他,没有证据。

袁红莉如此顽强地拖着陆锡明,陆锡明难道不恨她吗?肯定恨得牙根儿痒痒。那么,一定会找机会杀死她的

伍晶晶几乎可以肯定,是陆锡明杀死了莉姐。

伍晶晶还知道,陆锡明在外面的那个女人,就是他的初恋,一个小学老师。袁红莉曾经偷看过陆锡明的手机……

可是,她还是拿不准,要不要把自己知道的一切都告诉警察。

6

简向东靠在办公室的破沙发上,看上去像闭目养神,其实是在梳理上午了解来的情况。沙发实在太破旧了,以至于臀部下陷。刚刚吃下去的那碗牛肉面死咸,嗓子有点儿齁。电扇呼啦啦地转着,扑到他脸上的全是热风。这几点不适都令他想站起来,可他还是没动。

那个叫伍晶晶的女人,被袁红莉的死吓得不轻,半天都说不出个子丑寅卯来。但很明显,她非常了解这对夫妻,仅仅简单的半小时谈话,就说出了不少隐情,看来

袁红莉还真把她当闺密了。但她似乎不愿意和盘托出，吞吞吐吐的，似乎还有所隐瞒。

伍晶晶的样子跟简向东想的有很大差距，因为"午夜玫瑰"这个名字带着几分妖冶，伍晶晶却属于朴实健康型，胖乎乎的挺丰满，挺阳光。也许仅仅因为姓伍，或者是缺什么想要什么。

说起案发当晚她自己的行踪，支支吾吾的，眼睛时不时地向上瞟，多半是有婚外情吧？简向东在心里判断着。她虽然已经结了婚有了孩子，毕竟才三十岁，估计还会有其他男朋友。从现场情况看，可以肯定嫌疑人是男性，但他还是故意吓唬她，问她案发那晚到底去哪儿了。结果很有效，伍晶晶含含糊糊地说了看电影之后，立马转移话题，说出两个重要情况：

一个是死者的丈夫曾打过死者，"莉姐给我看过她身上的伤，好大一块乌青。"看来是有家暴。另一个是，与陆锡明有婚外情的那个女人，是他的大学同学，在金沙小学当老师，叫文敏。

真的是闺密，啥都知道。

简向东考虑着，是先去找那个文敏，还是先去查"威尔"。

这时电话响了，简向东打开看，是老婆，赶紧接听。

老婆声音很大，简向东，你女儿又被那个肥仔欺负了，你这个当爹的到底管不管？

简向东头一下大了,骂了一句,狗日的死胖子!然后说,我明天一早就去学校,看我不狠狠收拾他。你叫丫头别难过,有爸呢!

老婆哼哼了两声,多一句话也没说,就挂了电话。

老婆说的这个肥仔,是女儿班上的一个男生,长得人高马大,才三年级就有九十斤重,一米六的个子,而且,最重要的是而且,他爷爷是省里退下来的一个大领导,学校的校长和老师都畏惧他几分。于是这个肥仔小小年纪就飞扬跋扈的,经常欺负同学,一个学期里,打掉同学牙齿一颗,扇过同学耳光数个。

前不久简向东的女儿回来哭诉,说是下课的时候,被这个肥仔从楼梯上推了下去,膝盖都摔青紫了。简向东的老婆气得不行,当即去学校找班主任,没想到班主任竟然说,我们也没办法,只能让你女儿离他远点儿。简向东听老婆汇报后大怒,说这学校助长的是什么风气啊?欺负人的还大摇大摆,被欺负的还得躲着?他当即给老师打电话说,你们不管我来管,我要见他的家长!

还算不错,肥仔的爹来了,简向东发现,这个爹还算通情达理,马上跟简向东道歉,因为他们夫妻工作忙,孩子从小住在爷爷奶奶家,被宠坏了,回去一定好好教育。简向东不好再发火了,指望着他们管好儿子。可是这才维持了一个月,肥仔又犯事了。

唉!简向东真是恨得牙根儿痒痒,他心疼女儿,本来平时就关心得少,被欺负了总得管吧!

听老婆的语气,已经是气急败坏,这个气不仅仅是冲着肥仔,也是冲着他的。他现在很怕接老婆电话,只要来电话,不是下派急难险重的任务,就是发牢骚告状,绝无好事,更别指望关心他了。

简向东不能怨老婆,换作是他自己,恐怕也是这德行。一个万事不管、连回家睡觉都不正点的丈夫,哪个女人会喜欢? 没提出离婚就算好的了。所以每每在两个案子的空档,他都会努力表现,弥补一下。但这一回,两个案子连在一起了,前天刚结了上个案子,昨天才整理材料归档,今天就又出事了。

这时田野走过来,一边打着哈欠一边递给他一瓶纯净水。简向东如获至宝,接过来咕噜咕噜地一口气干掉半瓶,心里舒坦多了。现在搭档对他的关心,比老婆还多一点儿。

田野说,东哥,王队让咱们过去汇报情况。说罢又是一个大哈欠。今天这一天,他哈欠没断过。田野对自己的状态也有点儿不好意思,解释说,我哪知道今天一早就有情况,我还以为可以休息两天呢! 早知这样,怎么也不会熬夜看的。

简向东说,理解理解。半决赛嘛,何况是阿根廷战荷兰。

田野立即来劲儿了,说可不是,阿根廷战荷兰,绝对

27

重要的一战,如果输了,剩下的决赛还有什么意思?那不成欧洲杯了!

简向东笑了。他也喜欢阿根廷,他也曾是球迷,四年前的世界杯他几乎场场熬夜看。可是现在不行了,真的是进入中年,工作量一大,不熬夜都感觉累。这种事,70后让位给80后吧!他拍拍田野的腰,这小子实在太高了,他只能拍到他的腰,一起往会议室走。

田野说,东哥,我觉得那个死者的丈夫嫌疑很大。

简向东说,怎么讲?

田野说,我发现,他老婆被杀,他一副不耐烦的样子。而且他最关心的是他老婆是不是被抢劫,一句也没问过有没有被性侵。一般丈夫不是这样的。

简向东说,你小子不错,动了脑子的。

田野嘿嘿一笑:跟东哥学呗!

7

会议室里,王队在综合各路的侦查情况。

上午十点多警队突然接到一个匿名电话,是个男人打来的。他说他怀疑,袁红莉是被她身边的人杀害的,他建议警察好好查查死者身边的人,尤其是家人。

根据目前掌握的情况,的确有很多可疑之处。

从尸检情况看,死者是流血过多导致死亡的。从伤口判断,凶器应该是一根棍子,棍子上面凹凸不平,从印痕分析,怀疑是那种狼牙棒长把手电筒。蹊跷的是,凶犯第一、二下就击中了死者头部的要害处,可右肩胛骨和右胳膊上还有十几下击打的痕迹,显然是被害人倒地后继续击打的,这就有了泄愤的感觉。第二,如果是抢劫杀人,一般来说是从背后袭击,凶犯却是从侧面下手的,可见他们认识,死者没有防备。第三,地下车库每个区域都有照明灯,但恰恰是案发那个区域的灯坏了,难道凶犯事先知情?第四,案发现场留下杂乱的脚印,除死者外,是一双四十一码运动鞋,鞋印消失在丢包的地方。第五,找到的死者包上,发现了两枚死者以外的指纹,尚未发现匹配的。第六,法医推断的死亡时间是夜间十一点左右,一个女人,那么晚跑出去干吗?另外,尸体检验结果证明,死者生前没有被性侵。

简向东认为,最值得深究的就是第六点。

深夜十一点,一个女人匆忙出门,一定是有什么急事。

对此,死者的丈夫表示不知情,他晚饭前就离开了,再也没跟她联系过。死者的闺密伍晶晶说,她下午五点左右打过电话,之后就没再联系过。由于死者的手机还没找到,故暂时无法知道其他线索。

据了解,死者袁红莉长期没有工作,赋闲在家,社会关系简单,不太可能在外面结仇结怨。那么,如果是熟人作案,死者的丈夫显然最有嫌疑。根据死者闺密伍晶晶反映,他们夫妻关系极差,死者丈夫要离婚,死者坚决不同意,闹了一年多了,已经分居。

如果那个匿名电话所说属实,那么,死者丈夫陆锡明的嫌疑是最大的。但目前陆锡明有不在场的完美证明。小区监控录像显示,他的确如他自己所说,晚饭前就坐上一朋友的车离开了小区,直到第二天早上返回。除了监控录像外,跟他一起看球的人也证明他昨晚的确在酒店。而且案发现场找到的鞋印也与他不符,案发现场虽然没找到可疑指纹,但找到的鞋印是四十一码的运动鞋,由此估计案犯的身高应该在一米七五左右,陆锡明身高不到一米七。

简向东说,不过如果他真要干,这些都是小问题。他可以伪装成抢劫杀人,也可以穿不相符的鞋子。

田野说,案发当夜的那场半决赛是凌晨四点开始的,开赛前他一直在酒店吗?他要偷偷溜出来一段时间也是完全可能的。

王队说,话虽如此,咱们也不能先入为主,还是要扩大调查范围,仔仔细细地调查,不放过任何可疑迹象。昨晚到夜里,小区的监控录像和车库的录像,都要重点查看,从蛛丝马迹里查找疑点。与死者相关的人员还要继续询问调查,死者的丈夫当然是重点。另外要查下死者生前的最后联系人。

简向东说,那个匿名电话也有必要追查,他显然是个知情者,换句话说,应该是个跟死者比较近的人。另外就是死者的通话记录,如果能查清她当晚与谁联系过,就解决大问题了。可是用技术手段查她的通话记录和短信,还得报批。

田野在一旁小声说,这个我有办法。

他朝简向东眨了一下眼睛。简向东很高兴,虽然他知道田野的办法不太合规矩,但也顾不上了。王队假装没听见,宣布散会。

田野匆忙起身要走,忽然又返回,东哥,我建议咱们再查查死者有没有买意外保险。

简向东说,哦,你怎么想?

田野说,你想啊!如果袁红莉真的是被蓄意谋杀的,那么按常理,我们是不是应该考虑,袁红莉死了,谁会获益?

简向东说,有道理。那你就去查查看。

他感觉得到田野的情绪已经恢复了。前段时间因为和女友分手,田野一直有些沮丧。这些日子不知是因为看世界杯,还是因为调整过来了,又打起了精神。这是个热爱刑侦的小伙子,虽然经验不足,却很喜欢动脑子。这是最重要的。简向东因此很乐意带他。

其实简向东心里已经确定,即使是陆锡明干的,这个男人也不会是因为贪图意外保险而起杀机。他一定是想摆脱她,是一个单纯的简单的愿望。有时候愿望因为单纯会变得更为强烈和固执。但他不想打击田野的积极性,多掌握些背景有好处。

而且他想过,对陆锡明的调查,要从外围开始。

8

文敏在那一刻很后悔。

她不是后悔她过分热情地把两个警察迎进办公室,虽然这个也让她尴尬,而是后悔若干年前发生的事。

身为金沙小学的副校长,她总是非常尽职,一从办公室出来穿过操场,看到有两个中年男人被校门口的保安拦住,就走了过去。她感觉他们像是附近打工的工人或者经营小店的商贩,她怕保安态度不好。

最近来学校咨询的家长很多,因为他们这所学校坐落在人口密集的城乡接合部,暑假来临,很多家长心急火燎地想提前替孩子报名。他们大多是外来务工人员,听说这个学校不错,为了孩子读书,就在学校附近租房子。根据现在的政策规定,只要孩子住在学校所属区域内并办了暂住证,学校就不能拒收其入校读书。因此,他们这所学校百分之八十的学生,是外来务工人员。文敏对此又欣喜又担忧,喜的当然是看到农民工的孩子也能和城里孩子一样在城里安心读书,忧的是学生过多,老师远远不够。

文敏连忙走过去,热情地问,你们是来咨询孩子上学的家长吗?

两个男人互相看了一眼,点点头。

保安不满地说,问半天不说,早说就让你们进了嘛!

文敏热情地说,来,来,到办公室来谈吧!

文敏把两个人带到教学楼一层的办公室。走廊很安静。放假了,鸟儿一样叽叽喳喳的学生们都飞回各自的家中,只有部分老师还在学校里处理一些收尾工作。

文敏用纸杯倒了两杯白开水,放到茶几上,笑容满面地说,请问你们孩子多大了?

其中一个矮个子警察掏出证件递给她,对不起,我们是警察,来找你了解一些情况。

文敏起初以为是她学校的学生或老师发生什么事了,吓得够呛,却没想到是陆锡明的事。她在一瞬间感到万分后悔,想起那句古话:当断不断,必有后乱。但她没有表现出太多的惊慌,把证件还给了警察,一副听凭发落的样子。

那个叫简向东的警察,态度很好地说,我们想问几个问题,占用你十分钟时间。文敏问,现在吗?简向东说,对,现在。

他大致说了下案情,简明扼要地,但还是让文敏心惊肉跳,竟然发生了这样的事!她也是经常一个人夜间开车的。将心比心，感觉袁红莉太倒霉了。

不过她还是有些抵触情绪。她说，他们家的事，跟我有什么关系？我跟他就是同学，难道你们每个同学都要调查吗？

简向东不说话，只是看着她。

文敏终于补了一句，我跟他已经断了，没有任何关系了。是他让你们来找我的吗？

简向东说，抱歉，我能理解你的不愉快。但为了尽快破案，凡涉及此案的人我们都要了解一下。案发那天晚上，你在哪里？

文敏几乎要跳起来了，怎么？你们难道还会怀疑我？

简向东说，不是的，只是了解情况。

文敏说，我在家。就在家，我和父母住一起，你可以去问。

文敏的语气很冲。

另一个高个子说，文老师不要生气。据我们了解，陆锡明和你交往了很长一段时间。而且，他是因为你才提出离婚的。你总还是了解他的吧？总可以提供一些情况吧？

简向东说，你放心，你的个人隐私我们不打探，我们只是想了解陆锡明这个人。就目前我们掌握的情况，他是最有作案动机的。

文敏心想，的确，他有作案动机。可是，他有那么狠心吗?

她终于平和下来,很配合地问,你们想知道什么?

简向东说,嗯,当然越多越好。比如,陆锡明跟死者袁红莉,两人交恶已经到了完全不理睬甚至仇恨的程度,为什么不离婚?

文敏说,是袁红莉坚决不肯离。

简向东说,陆锡明不能起诉离婚吗?

文敏说,他不愿意,大概他是公务员,怕影响不好。

田野不以为然地说,这有什么,现在公务员离婚的很多,很普遍。公务员也是人嘛!

文敏有些诧异地看了田野一眼。田野掏出烟来,抽出一支。

文敏皱了皱眉,有些嘲讽地说,你们男人最看重的,还是所谓的事业吧!陆锡明为了今天这个位置,付出了艰辛的努力,他可不想因为女人而失去。更何况,那个女人威胁要揭发他。

简向东问,揭发什么?

文敏说,大概是官场上那些乌七八糟的事吧!

简向东说,那你觉得他为了离婚,会不择手段吗?

文敏沉默着。其实她内心的回答是肯定的:他会的。他会不择手段。那件事不就证明了这一点吗?她正是因为知道了那件事,才下决心跟他了断的。无论如何,她都不能容忍那样的事,她不能嫁给一个杀人犯,这超出了她的底线。

可毕竟，这是一起凶杀案。警察来找她调查，显然已经在怀疑陆锡明了。她的证言很重要，她要慎重。

文敏终于说，这个我不清楚。

简向东已经把她的犹豫看在了眼里。他说，你们是大学同学，初恋情人。当初为什么分手？是因为他家境不好吗？

文敏十分错愕，这个警察，怎么把这些都掌握了？

文敏心里重重地叹了口气。

9

其实文敏一直都很欣赏陆锡明的。按现在的说法，陆锡明是个凤凰男，如同过去旧戏文里的穷书生，他们有个共同特点，就是特别努力特别能吃苦。因为他们没有依靠，要改变命运只能靠自己。文敏喜欢靠自己努力去改变命运的男生，不喜欢衣食无忧高谈阔论的富家子弟。所以陆锡明一追求她，她很快就被俘获了。

可是爱情在无情的现实面前还是窘态百出。大学毕业时，文敏被父亲安排到一家外企，是一个收入不低、工作不累的岗位。而陆锡明却跟个无头苍蝇一样四处乱飞，找不到一份合适的工作。陆锡明家在川北农村，父母不但完全帮不上他，还指望着他来支撑这个家。两个人的差距在毕业之后如剪刀般拉开。后来在文敏父亲的坚决干涉下，他们分手了。

分手后的陆锡明，一次次跳槽、单干、打工、兼职，使出十八般武艺，收入也仅够糊口。但他依然发狠发誓发奋，不屈不挠不弃，终于在毕业后的第三年，参加公务员考试一举中第，之后似乎就顺风顺水，用了七年时间干到了副处的位置。

而这边的文敏，由家里介绍，嫁给了外企里的一个青年才俊。从外表看，两个人很般配。青年才俊满世界飞，就是在家的日子，他们也少有交流。她不懂他的乐趣，他不懂她的苦恼。两年的婚姻生活让她郁郁寡欢，最后终于离了。离婚后文敏没跟父亲商量，就辞掉了外企的工作，考了一个教师资格证书，然后应聘到金沙小学，从老师一直做到副校长。

一年前，文敏的大学同学搞了一次毕业十年聚会。她在聚会上见到了陆锡明。彼时陆锡明已是一个踌躇满志的政府官员了，而文敏却是个离婚独居的女人。文敏知道他已经结婚了，而且听班上女生说，娶了一个比他小七岁的年轻女孩儿。她知道男人很在乎女人的年龄，所以她只是保持距离地跟他打了招呼，很寻常地聊天应酬。

哪知那天发生了一件事，一下子拉近了她和陆锡明的距离，并且让她旧情复燃。

本来她一直保持着理性的态度对待陆锡明。可是到了晚上,同学们聚餐喝酒时,忽然有个男生发生了意外,倒地不起,呼吸困难。那时多数人已经喝昏头了,不知所措。

陆锡明虽然也喝了不少,但还清醒着。他让人打120,可是他们所处的位置是新开发区的一家酒店,120救护车不熟悉路线,半天找不到。文敏当时是开车去的,而且滴酒未沾,于是主动表示她可以开车送男生去医院。陆锡明当即把醉酒男生背上了车,和文敏一起送到最近的一家医院。到医院后方知男生是酒精中毒,连忙进行抢救。偏偏男生是从外地赶来的,家人一时赶不到。文敏和陆锡明两人,一起凑够了三千元钱交上,又一起守护到天亮……

这不知算不算患难之交? 总之,陆锡明那天晚上的表现,再一次打动了文敏。他的果断,他的担当,他的同学情谊,让文敏觉得,自己曾经爱过的这个男人,依然是可爱的。等到天大亮,男生的妻子和家人赶到,男生也脱离了危险后,他们二人才离去。

文敏要先送陆锡明回家,陆锡明却坚持送文敏回家,他说自己可以打车去上班。到了文敏家小区门口,文敏终于开口说,要不,我们一起喝杯咖啡?

于是,在小区门口的"良木缘",两人坐了大半天。从此又走到一起了,而且,感情似乎比初恋时还要强烈。也许是因为陆锡明更成熟了,更自信了。文敏知道他已经结婚,所以从来不谈未来,但陆锡明主动说,我一定要和你在一起,等着我,我先把婚离掉。

这一等,就是一年。

她现在非常后悔,真不该与陆锡明旧情复燃。明知他已结婚了,竟然还昏头。陆锡明当时赌咒发誓,一定会离婚的。没想到他老婆会如此坚决地拒绝离婚。陆锡明那么精明的人,竟也拿她没办法。他原本跟文敏许愿说半年内解决问题,结果拖了一年也没有任何眉目。这期间时常有人给她介绍对象,都被她拒绝了。她开始怀疑他们之间是不是有缘无分了。

就在文敏纠结着要不要坚持等下去的时候,她接到了一个神秘的电话。大概是十天前,有个陌生女人打电话给她,直截了当地告诉她,陆锡明是个心狠手辣的人,为了离婚偷偷给妻子吃打胎药,导致妻子流产。

这个消息可是把文敏吓得不轻。那个女人说得有鼻子有眼,怎么弄的药,怎么放在妻子的营养品里。就算不全信,只信一两分,也够吓人了。文敏问她是谁?女人说她是袁红莉的好友,实在看不过去了才打这个电话的,希望她不要上当。"我们女人就应该帮助女人。"打电话的女人最后还说了几句像是微信朋友圈里看来的话。

但文敏没有把这些告诉警察。她感觉警察已经在怀疑陆锡明了,那就让他们去查吧!他们应该能查出来,何必由自己来说这些来路不明的消息呢,她不想做落井下石的人。

文敏压下心里的千头万绪,对警察说,自己的确是一年前与陆锡明邂逅并且在一起的。但一周前,她已经明确告诉陆锡明,他们必须了结了,不能再这样下去了。虽然她没有跟他正式面谈,但给他发了邮件和短信。

"打那以后,我真的一次都没再和他约会过,甚至没见过。只偶尔有电话联系。所以这个案子,应该和我一点儿关系都没有。"

简向东有些不解地问,说断就断吗?

文敏说,不是有句老话嘛,当断不断,反受其乱。现在看来,我还是断晚了。

总算是询问完了。

文敏送他们出校门,她不是客气,而是生怕他们继续滞留在学校,东打听西打听的,把她那点儿隐私散布出去。她还是很在乎自己在这个学校的名誉的。

看着他们出了校门,文敏松了口气,但马上又感到沉甸甸的。毕竟是发生了一起凶杀案,毕竟这起案子还和自己有关。她真是不明白,她的生活怎么就摆脱不了陆锡明呢?

10

在跟文敏谈话之前,简向东有两个困惑要解决:一个是,陆锡明为什么结婚不到两年就有了外遇？一旦有了外遇为什么那么铁了心肠要离婚？他到底是遇到了一个什么样的女人？第二个是,既然那么想离为什么不离？老婆不同意可以起诉。从他有家暴这点看,他显然并不是个怕老婆的人,不敢离,一定是有什么把柄攥在这个女人手里。

跟文敏谈了后,这两个困惑基本厘清。不出他所料,陆锡明也是个为了在官场上取胜而牺牲婚姻的人。同时还确定了一件事,即昨天晚上陆锡明没有跟文敏在一起。

但新的困惑又出现了,是什么原因,促使文敏再一次与陆锡明分手？从她的讲述中可以听出,陆锡明还是个不错的男人。文敏的说辞是,不想再当第三者。但简向东却从她的眼神里感觉到,这背后一定还有原因。毕竟她不是那种企图傍大款的肤浅女子,她跟陆锡明是初恋,是同学。第三者和第三者,也是有很大不同的。

但显然,文敏严防死守,不肯吐露。

好在,这个困惑并不是案情的关键。简向东认为,案情的关键依然是,那天晚上,死者匆忙跑出去做什么？

有一点可以肯定,文敏虽然没有和盘托出,但就说出来的看,都是实话。她说已经一周没跟陆锡明联系了,那肯定是真的。这个女人在与他交谈的过程中,目光一直平和地看着他,没有躲闪,也没有用手在脸上摸来摸去。跟伍晶晶还不一样。

在和文敏握了手要上车时，简向东忽然又回头说，对了文老师，我还想请教个问题。

文敏耐着性子说，请讲。

简向东说，如果你的学生里发生了那种大欺小的事，受欺负的小同学成天哭，你会怎么处理？

文敏眼神一下子变了，哦，是这个。我们一般是先找学生谈，进行教育。同时找家长，让家长配合一起管教。

简向东说，如果都无效呢？

文敏说，这个，我们学校还没遇到过。要是有的话，我一定会想尽办法控制住的，不能让一个学生影响到一片学生，更不能让孩子们从小就认可不公平、不正义的现象。而且，如果放纵这种情况，对这个捣蛋学生也是不负责任的，是害他，是学校和老师的失职。

简向东说，嗯，说得非常好，谢谢了。

一说到工作，文敏就成了另外一个人，有原则，有爱心。这的确是一个好老师，好女人。难怪陆锡明抓住不放。

简向东坐上车就跟田野说，我得抓紧时间去下女儿的学校，不然今天晚上进不了家门。我把你扔到电信局，你先去查下袁红莉的通话记录，尤其是要看看她昨天晚上的通话情况，看是不是因为某个人的电话才出门的。我总感觉这个是问题的关键。

田野说,东哥你就把我扔这儿吧,我自己打车去。

简向东说,那也行,我确实得抓紧。

简向东放下田野,直奔女儿就读的槐树街小学。

进校门时,正是课间休息,操场上像是放飞了一千只小鸟,叽叽喳喳欢腾一片。简向东有点儿发傻,不知该上哪儿去找女儿的班级。顿时感到有些惭愧,女儿读三年级了,他从没参加过她的家长会,也没面见过老师。

好不容易打听到了老师办公室。运气好,女儿的班主任在,并且有空。简向东简单介绍了一下自己,就直奔主题,说起女儿挨欺负的事,上周被扔了书包,昨天又差点儿被推下楼梯。

简向东说,偶尔一次罢了,小孩子淘气难免,可是经常欺负就成问题了。我女儿说,他几乎每天都要打同学,还说,她都不想来上课了,害怕见到他。

女儿的班主任比刚才见到的那位文敏年轻多了,几乎就是个娃娃,齐额的刘海儿,扎得高高的马尾,再配上一身格子连衣裙。是不是为了和孩子们打成一片?她听了简向东说的情况,一点儿也不吃惊,带着抱歉的笑容说,真对不起,让你为这事专门跑一趟。你说的这个同学叫赵宏博,的确爱欺负小同学,其他家长也经常告状。可是,我真是没办法,每次发生这种事我都找他谈,教育他,也让他罚站过,但一点儿用都没有。

简向东说,找他家长啊!

老师说，怎么没找，开始打电话他妈妈来，后来他爸爸来，再后来他爸他妈都不肯来，现在都不接我电话了。

简向东说，是不是因为他爷爷是当官儿的？

老师没有正面回答，只是叹气说，唉，没办法。我们不能处罚他，也不能开除他，连我们校长都没办法。你只有让你女儿躲他远点儿。

简向东一听又是这个话，不禁非常生气：你们这是什么学校啊？什么教育方针啊？这么公然地欺软怕硬？让小流氓横行？你们就这么教育学生吗？难怪现在青少年犯罪这么严重，罪犯越来越低龄化，打根儿上就出问题了！

面对简向东的一顿怒吼，老师并不生气，反而给他杯里续上水，递给他，这让简向东不好意思再吼了。他一口喝掉水，可是气还是没消。

老师似乎受到什么启发，小声说，要不这样吧，你找两个大块头警察，哪天在校门口拦住那孩子，吓唬吓唬他，就说他再欺负同学就把他抓起来。说不定顶用呢。

简向东哭笑不得。这都什么啊！唉，女儿在这样的学校，在这样的老师培养下，不知会长成什么样。

简向东说，那是不可能的。我一个警察，一个公职人员，怎么可能去恐吓一个孩子？我看你也是病急乱投医了。这样，你把他父母电话给我，我来找他们谈。

老师连忙拿出手机，将那个孩子父母的电话抄在一张纸上,递给简向东。也许在她,这是唯一能做的了。

简向东输入电话正想打,田野的电话就进来了。

田野一上来就说,我看陆锡明这家伙是难脱干系了。

11

原来,田野在调出的死者通话记录上吃惊地发现,案发那个晚上,陆锡明竟然给死者打过三个电话!分别是晚上十点三十七分、十点四十五分、十点五十一分。前两个电话未接,第三个接了,通话时间只有十几秒。另外还发过两条短信,时间分别是十点四十分、十一点。不过看不到内容。

之后袁红莉出门,遇害。

这说明,袁红莉匆忙跑出去,是因为接到了陆锡明的电话!陆锡明就是袁红莉生前最后的联系人。

但陆锡明却说他完全不知情,还说他听见她接电话要去看电影。

陆锡明在撒谎,而且是在关键问题上撒谎,这让他的嫌疑陡然增加。那个一直困惑简向东的问题,即死者为什么深夜匆忙外出,终于有了解释。

田野说,刚才老姚他们告诉我,酒店那边的监控录像已经查到,陆锡明晚上十点四十分离开酒店,到十一点二十分才返回。这个时间足够了。我看他既有作案动机，又有作案时间，可以直接传唤他到警队了。

简向东说，不急。

田野正要急，王队就打电话过来说，打匿名电话的人找到了。

二人连忙赶回警队，三问两问就弄明白了，原来这位打电话的就是死者QQ里的"威尔"，律师，他跟袁红莉是中学同学。

这个"威尔"跟美剧里的那个威尔，完全是两码事。就好像伍晶晶和"午夜玫瑰"那么不相干。很小的个子，面色有些苍白。不过几句话交谈下来，感觉他还是靠谱的。

"威尔"说，一个月前袁红莉联系上了他，向他咨询有关法律方面的问题。起初她坚决不肯离婚，后来有些动摇。"威尔"劝她最好还是离掉，这样的婚姻是毒药，时间越长危害越大，最终两败俱伤。袁红莉说她不甘心。"威尔"知道她是想得到更多的物质补偿，以获得心理平衡，便给了她一些建议，比如，确定陆锡明是过错方。

"威尔"说，在咨询过程中，袁红莉多次说，陆锡明对她很不好，还打过她，扬言要弄死她。"他那个样子好可怕，镜片后面一双眼睛跟冰块一样冷冷的。"所以在得知袁红莉遇害后，他立即就想到了这个问题，但因为没有证据，无法报案，只好打匿名电话，提醒警察注意。

简向东问,案发那天晚上她出门,你知道是什么原因吗?

"威尔"说,不知道。不过,有个情况不知道对你们会不会有用,我曾跟她说,要想在离婚时获得更多补偿,必须确定陆锡明是过错方。也就是说,要有对方出轨的证据。她会不会去跟踪陆锡明?

简向东脑子里划过一道光,照亮了一些模糊的念头。

可是,那天晚上给她打电话的,恰是陆锡明(而不是某个提供情报的人)。从通话记录看,除了五点左右伍晶晶给她打过一个电话外,就是夜里陆锡明的三个电话了。其他一概没有。

查看小区和车库的监控录像,也始终没有发现有价值的线索。毕竟是夜里,人影都模模糊糊。车库里面和出入口的灯都非常昏暗,尤其案发那个区域,漆黑一片。

到目前为止,死者的银行卡和手机,都没有出现。一般来说,以抢劫为目的的嫌疑人,都会迫不及待地去销赃,或者去取钱。而且根据作案方式看,的确不像惯犯,像是新手。

作案工具已经确定,是一种叫作"狼牙棒强光手电筒"的东西,到处都可以买到。据说许多喜欢自驾游的人都会在车上放一把,既可以照明,也可以防身。要查一下陆锡明是否购买过。

同时田野已查明,袁红莉的确买了意外险,价值一百万,但受益人是她自己。给她办理保险的业务员说,她反复地婉转地给她解释,受益人最好是家人,她才改为母亲。因为业务员告诉她,如果她真的出意外了,按法律程序,第一受益人是她丈夫,第二位才是她母亲。于是她有些不情愿地改成了母亲。

这一点不仅证明了她不是因为保险而被害的,还证明了这个女人是个非常自私而又无知的女人。袁红莉的母亲至今还没来,据说她一听说女儿被害就病倒了。袁红莉的父亲已经在她读小学时就过世了。一直是她们母女相依为命。

简向东说,排除保险这个线索,就从那三个电话看,我们的调查方向还是没错,死者丈夫依然是嫌疑最大的人。

王队表示认可,我看死者丈夫的作案动机并不是因为钱财,只是想摆脱这个女人。

简向东说,对。从我们调查了解的情况看,他有非常强烈的愿望。

田野再次说,我看直接把他带到局里问讯得了。

简向东依然说,不急。

他脑子里忽然闪现出一个念头,陆锡明是为了文敏才渴望离婚的,文敏却突然撤退,要跟他了结,这是为什么?难道,文敏也知道了什么隐秘?他多次说,最近压力大,指的是来自官场的反腐风暴。那么,会不会是死者掌握的隐秘会危及他在官场的地位?

前面那次打交道,简向东已经感觉到,陆锡明这人很有城府,遇事很冷静,虽然在交谈中能感觉出他并没有完全说实话,每次提到死者时总是说"那个女人",但他还是滴水不漏地几句话就把自己撇干净了。如果要再次问讯他,必须掌握更多的情况,否则不但问不出名堂,还会引起他的警觉和防备。

如此,有必要再找伍晶晶谈一次。昨天晚上,她究竟有没有约袁红莉看电影?她到底知道不知道死者昨晚去了哪里?

这个田野很赞成,我也感觉那个女人老是欲言又止的样子,肯定有秘密没跟我们说。有可能她是怕陆锡明,也有可能她是怕牵扯自己。

简向东说,也有可能是二者兼而有之。

12

美容院说伍晶晶上早班,已经下班回家了。二人就径直来到伍晶晶家附近的街上。简向东打电话过去,伍晶晶果然在家。她一听简向东说还要跟她谈案子,并且要到家里去时,紧张得一迭声地说,还是我出来吧我出来吧。

简向东从她的语气里明显感到她的心虚,看来他那个判断是对的,她昨天晚上一定有什么私情,怕家人知道。他说那好吧,我们在街边上这家"小二哥冷啖杯",等你过来。

二人坐下来,要了几串烧烤、两瓶啤酒。

天气闷热,喝冰啤的人不少。小店老板很顺应形势,在墙上挂了一个平板电视,因此聚拢了一些去不起酒吧又想看世界杯的人,一眼望去,多是底层的打工男人,俗称屌丝。简向东觉得自己跟田野坐在其中,很是和谐。在外人看来,他们也不过是俩屌丝。

伍晶晶很快来了,简向东注意到她穿了双拖鞋,鼻尖上和嘴唇上都是汗。她坐下来,用手扇脸。简向东顺手把旁边的电扇转向她,然后替她要了一杯冰镇果汁。

伍晶晶喝了两口,说警察大叔,还要问什么?

相比起上午,她态度要平和很多。也许是上午太惊慌了?简向东只开了个头,她就主动讲了很多袁红莉夫妻的事,几乎把她知道的都说了。在她的讲述中,陆锡明这个男人越来越具体了。

原来袁红莉跟陆锡明结婚不到两年,陆锡明就有了外遇,而且一有外遇他就提出离婚,既没有打算偷偷摸摸地藏着,也不在乎袁红莉大吵大闹。

田野忍不住插话说,这一点他还像个男人。

伍晶晶生气地说,像狗屁!他坏得很!那个时候莉姐

50

发现自己怀孕了,不同意离婚。莉姐跟我说,《婚姻法》有这个规定的,怀了孩子不能离婚。陆锡明就让莉姐去把孩子打掉,莉姐无论如何也不肯。陆锡明当时就说,你就是生下来,我迟早也要跟你离。

简向东说,难道袁红莉怀的不是陆锡明的孩子?

伍晶晶急了,当然是他的。正因为是他的他才不想要。可是不到一个月,莉姐就流产了,莫名其妙地住了一个星期的医院。

什么原因?

"就是陆锡明搞的鬼!我听莉姐说,他把打胎药混到她喝的蛋白粉里了。莉姐那段时间每天都要吃蛋白粉,陆锡明还特意给她买过。莉姐就很怀疑,拿了蛋白粉去化验。"

这么重要的情况,上午为什么不说? 田野很生气。

伍晶晶低头道,我有点儿害怕。

简向东简直觉得不可思议,网上还能买打胎药? 他老婆也是经常在网上购物的,但买的都是衣服鞋子之类。真没想到网上能有这么可怕的东西出售,没人管吗?

老警察遇到了新问题。他看了田野一眼,田野也很惊讶,同时有些兴奋。他问,袁红莉是怎么查出来的?

伍晶晶说,一开始孩子流产了,袁红莉以为是自己情绪不好导致的。但有一天她的电脑死机了,她去用陆锡明的电脑上网,网页上连续弹出关于堕胎药的广告。

她是个网购老手,知道这意味着电脑的主人买过或至少浏览过堕胎药。她非常震惊,就把自己喝的奶粉、蛋白粉拿去检验,果然在蛋白粉里发现了打胎药!

田野说,陆锡明怎么说?

伍晶晶说,他当然死不承认,他说他根本不会网购。但莉姐认为就是他干的,他们家还能有谁?

伍晶晶又说,所以我觉得莉姐肯定是被他害死的,他恨死她了,经常说要弄死她。这种男人什么事做不出来?说不定我告了他,他还会收拾我呢。你们赶紧把他抓起来吧!

简向东说,这种事哪能凭感觉?一定要有证据。当然,你提供的这些情况非常重要。你再好好想想,还有什么情况可以告诉我们?

伍晶晶眯缝着眼,过了一会儿说,嗯,还有件事,是莉姐让我帮她做的。她给了我那个女人的电话,就是陆锡明那个情人,叫我打电话告诉那个女人,陆锡明心狠手辣,毒死了他们的胎儿⋯⋯

简向东说,你肯定立即打了是吧,是不是一周前?

伍晶晶吃了一惊,你怎么知道的?

简向东说,我判断的,你跟她这么铁。

其实,她一说这个,简向东就想到了文敏的态度,文敏毅然决然地要跟陆锡明分手,肯定是有特殊原因的。这个就是了。又一个疑团解开了。虽然与官场无关,但也不排除，死者还掌握了陆锡明其他证据。

伍晶晶说，我想通了，我不怕他，我要给莉姐申冤。那个，警察大叔，我已经把我知道的全说了，你们不会再来找我了吧？

简向东说，还有个问题，你昨天晚上有没有约袁红莉去看电影？

伍晶晶声音一下子提高，很急地说，我约了的，她说她不想去。

你什么时候打的电话？简向东问。

伍晶晶说，大概是下午五点吧，反正我下了中班回来。原来我们在 QQ 上聊过，要一起去看《变形金刚 4》。我团购了两张票，还说好让我妈帮我管孩子。哪知她又说不想去了。

田野问，那你跟谁去看的？

伍晶晶很紧张，这个也要查吗？跟案子没有关系呀！

田野一本正经地说，我必须问一下，你可以不回答。

简向东轻轻拍了下田野，意思是别逗她了。

不料伍晶晶却说，警察大叔，我说了你们可要替我保密啊！因为我跟我家里人说，我是和莉姐去看的电影，莉姐看完电影被杀的。其实我是在电影院门口碰到一个男人，我们一起看的……不过一看完我马上就回家了。

简向东看她那么紧张，连忙安慰道，这件事没关系的。你回去吧。如果想起来什么再给我打电话。

他掏出名片，递给伍晶晶。

伍晶晶接过来忽然哽咽了，莉姐早就跟我说过，如果她哪天被害了，一定是陆锡明干的。警察大叔，一定要抓住他，太可怕了，太可恨了！莉姐好可怜，我再也没有好朋友了……

田野说，放心，我们一定会抓住凶手的。

13

伍晶晶走了，简向东还沉浸在她刚才说的情况里发呆。

虽然身为警察他已是见惯不惊、百毒不侵，但仍对此感到惊愕：一个男人，竟然偷偷给老婆吃打胎药！而且这个男人还是个公务员！真让人大跌眼镜。

当然，尚无证据。

田野也被惊到了，他认为就目前掌握的情况看，陆锡明的作案动机太充分了。而且，他显然是个下得了手的主儿，连胎儿都敢杀。

简向东不否认陆锡明的嫌疑直线上升，但仅凭作案动机是不可能定案的。他有不在场证据，而且，就案发现场目前的证据看，凶手是个大块头，用手电筒就能把人打得头破血流。简向东打量过陆锡明的手臂，细白细白的，有点儿手无缚鸡之力的感觉，估计那力量还不如女儿班上那个肥仔,除非他雇凶……

噢!肥仔,差点儿忘了。简向东忽然想起老婆布置的急难险重的任务,赶紧掏出电话,打给肥仔的爹。

肥仔的爹还不错,态度很好地接了电话。自然简向东态度也很好,语气温和,只不过说出来的话让田野在一旁听了直乐。

简向东说,赵先生,我也不想老来打搅你,我自己工作忙得一塌糊涂。但是看到女儿被欺负不能不管啊!是吧?我这个当爹的平时就很少关心她,看到她上学回来哭哭啼啼的,怎么能安心?我希望你们能严肃认真地对赵宏博进行批评教育,讲清楚严重性。我知道你们这种家庭不会打孩子的,但也要给他讲清楚事情的严重性。对。如果你们的教育不见效,我女儿还是三天两头被他欺负,那么我有个建议,要么,我每天去学校,坐在你儿子旁边监管他;要么,你每天去学校坐你儿子旁边监管他。怎么样?总不能因为他一个人的行为,弄得全班同学不得安宁,你说是吧?现在正在进行群众路线教育,群众的利益我们都应该放在第一位,孩子他爷爷是领导干部,更应该带好头对吧?

肥仔的父亲在电话那头连连说是,好的,放心,我一定管教。这让简向东十分满足,他本来还想多说两句,见田野已经理了单,站在那里等他了,他连忙说结束语:"那就这样,我给赵宏博同学一个月的观察期,如果再发生这样的事,无论工作多忙,我都会每天去学校亲自监管他。"

田野在一旁笑道,你这么吓唬他,有用吗?

简向东说,那怎么办? 我没其他招数了。

夜里回到家,简向东连忙用老婆的电脑打开购物网站,输入"堕胎"两个字,天、五花八门的,应有尽有。不但有堕胎药,还有堕胎超度符、堕胎赎罪符……既要堕胎,还要让自己心安理得,没有负罪感。这个世界,真的是乱了。

老婆走过来看到屏幕,大吃一惊,你要干吗? 你搜索这个干吗? 简向东连忙说,对不起对不起,因为和案子有关,我需要了解一下。

老婆说,你可千万别在我这儿看这个,不然好长一段时间网页都会给我推荐这个广告,太讨厌了。

简向东想,还真是这样。可是,仅仅搜索浏览,并不能证明什么,而且即使知道陆锡明买了,也无法证明就是他把堕胎药放在死者吃的蛋白粉里,再而且,即使证明是陆锡明打掉的孩子,也无法证明他是袁红莉凶杀案的凶犯。

简向东满脑子案情,坐在那里发呆。

老婆又走过来,在一旁唠叨女儿被欺负的事,才让他清醒过来,他连忙向老婆汇报下午去学校的情况,以及刚才打电话给肥仔爹的情况,并赌咒发誓会一直跟踪此事，直到摆平为止。

然后他拿起换洗衣服，躲进卫生间。

14

陆锡明沉着脸坐在那里。

简向东依然无法相信，这个男人就是伍晶晶描述中的那个"万恶的男人"：家暴、投毒、凶杀？当然，以他办案多年的经验，人不可貌相是最起码的。但他心里还是有些犯嘀咕。

一天不见，简向东吃惊地发现，陆锡明的鬓角冒出了几根白发。看来这事对他打击不小，是个折磨。今天早上他正要去上班，就被田野拦住，请到了警队。

陆锡明很不爽，也无奈。他坐下来，习惯性地用领导口气问，案子一点儿进展都没有吗？

简向东说，当然有进展。

陆锡明说，发现新线索了？还是有嫌疑人信息了？

简向东说，这个，目前还不能透露。我们还需要做大量的调查工作。这是一个细活儿。

陆锡明意义不明地摇了摇头，是表示没关系，还是不满？

田野一见陆锡明就兴奋，那张通话记录就像一颗已经上膛的子弹，对准了他。他恨不能立马开枪。在他看来,陆锡明雇凶杀人的可能性已经占了九成。他甚至推出了案发经过:陆锡明雇凶埋伏在他们家车库旁边,他再打电话把袁红莉叫出来……

不管怎么说,他们已经越来越接近真相了。除了他们调查了解到的情况外,老姚那边也查到案发当晚,陆锡明独自离开过酒店,长达一小时左右。虽然他们找到了他乘坐的出租车司机,司机证明他去的地方不是案发小区,但他的行踪依然很可疑。

但在没有抓到凶犯之前,推理只是推理。

简向东打开笔记本,很认真地说,陆处长,还有几个问题需要你回答。

陆锡明说,请讲。

简向东说,案发那天晚上,尤其是十一点左右,你在哪里?

陆锡明很不耐烦地说,这个我都回答好几次了,怎么又问?

简向东说,请回答。

陆锡明说,我跟朋友吃饭、喝酒、看球去了。下午五点多离开家的,第二天才回来。不信你去问我朋友,我可以提供联系方式。

简向东慢条斯理地说,我们会查的。第二个问题,你们为什么没有孩子?结婚已经三年多了,有什么特别原因吗?

陆锡明说,这种个人的事,和案子有关吗?

简向东说,嗯,我想是有关的。

陆锡明说,没什么原因,是她不想要。

田野说,可是据我们了解不是这样,你和死者是曾经有过孩子的,流产了,可以讲下原因吗?

陆锡明非常吃惊,盯着田野看了一会儿,又看看简向东,好一会儿才问:谁说的?

简向东说,这个不重要。重要的是事情本身。请问是怎么流产的?

陆锡明说,可能是那段时间我们闹矛盾,她情绪不好。

简向东追问:真的吗?

陆锡明苦笑了一下,你们肯定是听她那个女朋友伍晶晶说,我给她下了打胎药,简直胡扯,那个女人一天到晚疑神疑鬼的。我上哪儿去搞打胎药?就算我想,我也不会那么做呀!明明是她自己流产的!

简向东说,这个,我们也会查清的,但还是希望你能如实交代。

陆锡明很冲地说,我就是不明白,这个和凶杀案有什么关系?流产已经是半年前的事情了!

田野也很冲地回答:有没有关系,不是你说了算。

陆锡明不屑地撇撇嘴,那第三个问题是什么?

简向东说,第三个问题是,你是否存在家暴?

陆锡明收起了笑容。简向东这接二连三的发问,都击中了他的痛处。他拿起桌上的矿泉水，一口气喝掉一大半，然后说，是，我打过她。我承认。肯定又是那个伍晶晶说的。不过我想说，我并不是一个有暴力倾向的人，我是实在气急了才动手的。也就那么一两回。

田野说，一两回也不少。

陆锡明说，老实说，如果是你遇到这样的女人也会打的。实在是难以忍受。

田野说，照你这么说，死者是个很可恶的女人？

简向东接上一句，可恶到要她死吗？

陆锡明怔了一下，意识到不能情绪化，会让警察抓住把柄的。他平静了一下说，警察同志，我也知道你们怀疑我，我也知道我有被怀疑的理由，可是，毕竟我是一个国家干部，起码的法律意识还是有的。无论多么难以忍受，我也不会干违法的事。

简向东说，我们愿意相信你，更愿意相信证据。

陆锡明说，如果你们有耐心听，我愿意从头讲，讲讲我悲催的人生。有些事不从根儿上讲，很难讲清楚，干脆我就全讲了吧。

田野说，你早该如此。

15

陆锡明说，也许你们会认为，我这种人找老婆，就是图个年轻漂亮。其实不是的。我的婚姻真的是个失误。在我和袁红莉结婚之前，我有过一个恋人，而且是初恋，她才是我想找的女人。

陆锡明忽然停顿下来，嘲笑说，估计你们已经知道是谁了，没准儿已经去查过了，谈过话了。

田野说，你讲你的，不碍事。

"她叫文敏，是我的大学同学。我们真的情投意合，感情很融洽。人漂亮不说，最重要的是，脾气温顺，知书达理。"陆锡明的语气立即变得温情脉脉，而且直接说出了名字，而不是"那个女人"。

但由于种种原因（女方父母反对，陆锡明事业不顺等等），他们分手了，是在大学毕业工作后才分手的，此事对陆锡明影响很大，以至于在他事业顺遂后，依然迟迟不愿恋爱结婚。但女方却结婚了，嫁给了一个高富帅。

陆锡明经过努力奋斗，终于考上了公务员，从打杂干起，慢慢走上正轨，才华展露，风生水起，七年后就当上了副处长，但一直未婚。转眼三十多岁了。

在一次去某地区搞调研时，他认识了当地川剧团的女演员袁红莉。袁红莉当时是被领导叫来陪酒的，就坐在陆锡明身边。袁红莉年轻貌美，身材很性感，坐在他旁边一口一个陆处长地叫着，给他倒酒劝酒，很快就让他发晕了。不知不觉就喝了好多，然后就醉了。半夜醒来时，他发现自己躺在酒店的床上，身边有人哭泣。他一看,竟然是袁红莉。心里咯噔一下,他怎么会和这个女人在一起呢?虽然这个女人对他很有诱惑力,但也没打算走到这一步,毕竟他是作为官员下来搞调研的,传出什么绯闻来可是要命。

袁红莉见他醒来,就哭得更厉害了,衣冠不整,头发也乱七八糟的。他赶紧安抚袁红莉,抱歉地说自己昨晚喝多了,都不知道后来发生的事情了。

袁红莉抽抽搭搭地说,本来我是送你回来休息的,你好霸道啊,力气好大啊,我没办法。又说,但我不怪你……我喜欢你……还说,就是不知道你是不是喜欢我……要是不喜欢,我就没脸见人了……

陆锡明终于被绕进去了,只好说自己是喜欢她的。

等陆锡明再回到剧团时,袁红莉就紧紧挽着他的胳膊,做出羞涩的样子。陆锡明虽然有点儿无奈,但想想自己反正未婚,袁红莉也挺漂亮的,比他还小七岁,也算拿得出手,就认了吧。

"现在回想起来,这个女人太有心计,我完全中了她的圈套。"陆锡明讲到这里愤愤然。

田野说,你不像是个上当受骗的人啊。

陆锡明说,都是酒精害的。

很快他们就结了婚。婚后袁红莉来到省城,做起了官太太,天天在家宅着,不是逛街就是去美容院,再后来迷上了网购,成天都有快递上门,买了一堆不用的东西。

这让陆锡明有些后悔,就他个人喜好来说,他还是喜欢有文化有追求的女性,比如文敏。跟文敏比,袁红莉实在太不上档次了。

但他们的婚姻真的发生实质性变化,还是在去年夏天。

去年夏天,陆锡明的大学同学为毕业十周年搞了一次聚会。陆锡明在聚会上见到了初恋女友,这才得知她已经离婚了,更重要的是,他发现她依然吸引着他。虽然已是三十多岁了,却魅力不减,甚至比当初更有风韵。一种强烈的想和她在一起的愿望如烈火般在陆锡明胸中燃烧起来。

"更重要的是,我发现我非常需要去爱那个女人,爱那个女人,才能把我自己从没有希望的堕落里拯救出来。在官场混了这么多年,明知自己在用贪婪愚蠢制造一个糟糕的结局,却无法控制。我感觉我只有和她在一起,才会有解脱出来的欲望和定力。"

陆锡明忽然说出一段很形而上的话。

简向东很有些意外。看来每个人的心里,既有不为人知的恶,也有不为人知的善。

陆锡明接着讲述。他说他一旦动心了,马上付诸行动,再次追求文敏。他惊喜地发现,文敏也依然对他有好感。所以,他们很快就在一起了。

"说我搞婚外情,其实我这是婚前情。"

可是,这一头,与袁红莉的离婚却非常困难,受到了极大的阻碍。袁红莉先是不肯,后来狮子大开口,再后来,竟然怀孕了!

陆锡明叫苦不迭。刚结婚时,他非常希望她怀孕,希望她做了母亲后能好好持家而不是败家。可袁红莉不肯,说自己还年轻,不想当妈妈。偏偏在他打算离婚的时候,她有了身孕。他都不知道她是什么时候取消了避孕措施的。

陆锡明说,你明明知道我不爱你,我们的婚姻是个意外,硬要生下来的话,对你不好,对孩子也不好。

可是袁红莉不但不听,还跑到他单位里,拦着领导"反映情况"。一时间闹得单位里沸沸扬扬,领导还找他谈话。把陆锡明气得仅存的一点儿歉意也没有了,非离不可。

"这种女人,我哪怕打光棍儿也不想要,简直是个市井泼妇!"

田野点头回应,就是就是,如果是我我也受不了。家里的事闹得满城风雨,分明就是往死里整的节奏嘛,让男人一点儿回心转意的念头都没有了。

陆锡明见田野这么理解同情,很是感激,继续说,我承认,火冒三丈的时候我说过要弄死她,但这就是一种发泄,哪家夫妻吵架没说过狠话? 说过就算了,不可能付诸行动的。

简向东说，谢谢你的坦诚。

陆锡明说，我说得这么彻底，就是希望你们能相信我。

简向东依然不动声色地问，你刚才说，案发那天晚上，你一直跟朋友在酒店喝酒，可是就我们掌握的情况看，你十点半左右离开了酒店，到十一点二十分才返回。这一个小时的时间，你上哪儿去了？

陆锡明愣了一下，往椅背上一靠，然后推推眼镜：

"那天晚上我因为喝了几杯闷酒，心情很糟，就控制不住地给她打电话，你们知道的，就是那个文老师。我打了两次她都没接，我又发了条短信，问能否见一面，想聊聊。她也没回。

"这让我很郁闷。在此之前，她虽然不愿意见，短信还是会回的。头一天我约她见面，她回了三个字：再说吧。这样完全不理睬还是头一回。我心里很乱，心想难道她真的另外有人了吗？她那样的女人，不是没有可能的。一想到这个我心里跟猫抓一样。

"十点半过后，我控制不住自己了，就溜出房间打车去了她住的小区。在小区对面的街上，我又打她电话，这次她总算接了，可是接起来却不说话，我喂了好几声，她挂了。

"我又给她发短信，说我现在就在你家小区门口，你下来我们见一面吧，我在老地方等你。老地方，就是他们家小区那条街的'良木缘',我们在那里见过很多次。

"但是我等了半个多小时,她还是没来。我怕朋友们找,只好返回酒店。前后估计有个把小时吧。你们也可以到'良木缘'去调查。"

简向东说,这么重要的情况,昨天为什么不说?

陆锡明说,我不是怕牵扯她吗?我不想连累她。现在看来还是连累她了。唉!

简向东说,最后一个问题,你昨天晚上给袁红莉打电话了吗?

陆锡明非常迅速地回答,没有! 我没给她打。

简向东说,你确定?

陆锡明说,我确定。我干吗给她打电话?

简向东说,微信呢? 有没有用微信联系?

陆锡明说,我没那玩意儿,搞不来。

田野说,希望如实交代。

陆锡明不耐烦地掏出手机往桌上一丢:不信你们自己看。

田野说,没必要。这些都是可以删除的。

陆锡明怔住:啊? 打了电话还可以删除? 我对手机很不在行,有时候还得问那个女人。

简向东说,袁红莉喜欢玩手机?

陆锡明说,她嘛,一天闲得无聊,不是弄电脑,就是弄手机,反正比我在行。我在这方面很笨,根本搞不懂,

66

你们要相信我。

田野说,我们相信证据。

陆锡明有些急躁地说,那天晚上我打过几个电话,都是打给文敏的,绝对没有打给那个女人。

田野说,可是文老师说,你并没有给她打过电话,也没发过短信。

陆锡明苦笑了一下:可能她不想再和我有任何干系吧?尤其是出了这样的事,可以理解。

简向东说,但就我们掌握的证据看,文老师没有撒谎。

陆锡明惊愕地睁大了眼睛,你们掌握了什么证据?你们的意思是我撒谎了?

田野说,明说吧,我们调取了袁红莉案发当晚的通话记录,上面显示,你在案发当晚十点到十一点之间,给她打过三个电话。

陆锡明目瞪口呆,不可能!我给她打电话干吗?我绝对没给她打过,不信你们看我的手机。

田野说,我已经告诉你了,看手机没意义。都这会儿了,你就老实交代了吧!

陆锡明非常恼火地吼了一句:我没打就是没打,让我交代什么!

简向东死死盯着他,心里却动摇起来,难道真的是我们判断错误?到底是哪里出了问题呢?不到万不得已,简向东不想把通话记录拿出来。毕竟那不是正规渠道得来的。

16

就在简向东跟陆锡明过招的时候,凶手被抓住了。

竟然是死者小区的一个保安,叫张建国。

据张某交代,那段时间因为赌球,他输光了所有的钱,天天被老婆骂。可他不思悔改,还想参赌世界杯冠军,苦于手头没钱,天天都在盘算着搞点儿钱。案发那天晚上,因为老婆唠叨,他很心烦,就出来转悠,心怀鬼胎地转到车库,想看看有没有什么可乘之机。一下子就看到匆匆跑下来的袁红莉。他上去跟她打招呼,问她怎么那么晚还出门。袁红莉没理他。他一眼瞥见她脖子上的金项链,歹念突起,所谓恶向胆边生,一边打招呼一边就靠近她,然后猛击她的头部……

至于为什么在她倒地后继续击打胳膊和肩胛,张某说,是因为死者紧紧抱着包不放,他急了,就使劲儿打。

之后,凭借着他对车库的熟悉,很快从电工房的一个偏门溜掉了。

在张某家里,搜到了那个狼牙棒手电筒,那是小区物管配发的。虽然已经被他冲洗过了,但还是在缝隙里提取到了一点儿死者的血迹。死者包上的指纹,也与张某匹配。

起初抢到东西后他不敢去兑现，后来他注意到警察带走了死者的丈夫，以为没事了，就出手了铂金项链，没被发现，胆子大了，又去卖手机。这下被警方事先布控的侦查员抓获。

如此简单，简单到跟他们前面调查的所有证据都不搭。

简向东得到这一消息时，正在问讯陆锡明。他连句高兴的话都说不出来，实在是太意外了。照说，不到四十八小时就破了案，应该欣喜若狂才是，可结局却让他有点儿回不过神来。

他在走廊上接了王队的电话，回到审讯室，继续不动声色地坐回到陆锡明面前，然后突然问，你认识张建国吗？

陆锡明疑惑地说，张建国？你是说我们局里计生办张主任？

看来叫张建国的实在太多了。看陆锡明的表情，不像是装的，这个保安张建国，难道真的只是单纯抢劫吗？如果他们毫无关系，陆锡明那三个电话又该如何解释呢？

陆锡明有些不耐烦了，他看看表说，我已经坐了一上午了，够配合你们的了，如果没有其他事，我还得回局里上班。

他抓起桌上的手机站了起来。

田野说，慢着！

田野和简向东对了下眼色，然后从文件夹里拿出那份通话记录，拍在陆锡明的面前，你自己看看，我们有没有冤枉你。

陆锡明疑惑地拿起通话记录，取下眼镜，凑到那页纸上仔细地看，看完后一脸惊愕，这，这是怎么回事？

田野说，我还要问你呢。这三个电话，正是案发之前打的，在电话之后，袁红莉出门，然后被害，你能说和你没关系吗？

简向东死死地盯着陆锡明，不放过他一丝一毫的表情。凶手已经抓住。最大的可能，是他雇凶杀人。可是，他发现陆锡明完全被这个意外整傻了，那表情是他从没见过的，有点儿惊吓，还有点儿无助。几分钟后，陆锡明一屁股重新坐到椅子上。

简向东非常困惑。到底是什么地方出了问题？明明有那么多指向陆锡明的线索，陆锡明却是无辜的。

难道，是我拨错了？不会啊。陆锡明困惑地打开了自己的手机。

忽然，简向东脑子里闪过一个念头，他一把抓过陆锡明的手机，迅速找出文敏和袁红莉的电话号码，然后拿起那份通话记录对照。

果然！在陆锡明的手机上，文敏的名字下面，是袁红莉的电话号码,在袁红莉的名字下面,是文敏的电话号码。也就是说,有人对换了两人的号码,故意做了一个错误的设置。所以,当陆锡明给文敏打电话时,实际是打到了袁红莉的手机上……

这样,一切都可以解释了。

简向东说出了自己的推断,陆锡明目瞪口呆,连田野也瞠目结舌,其惊愕程度不亚于陆锡明。

陆锡明从简向东手里接过自己的手机,又取了眼镜细看,一脸木然。这个在官场上见惯了钩心斗角、尔虞我诈的人,居然也被这可怕的设置给吓到了。

简向东说,你再好好回想一下,昨天离开袁红莉之前发生的事。

陆锡明说,因为晚上要聚会,我回家拿酒。你们知道的,现在聚会都是自己掏腰包了。我回到家,她正在上网,主动跟我打了个招呼,还说了句晚上喝酒不要开车。我当时还想,她怎么态度好起来了? 是不是想通了愿意协议离婚了?

哦,对了。走之前,她跟我说厕所的灯泡黑了,要我换一个。我想这毕竟是该男人做的事,我就去换了,然后才出门的。

简向东说,这就对了。在你换灯泡的时候,她动了你的手机,重新设置了两个电话。当你给文敏打电话打到她手机上时,她知道你要去跟文敏见面了,所以赶出去,抓所谓的出轨证据,没想到……

　　一直在一边发呆的田野,沮丧地将桌上的一瓶矿泉水拿起来,咕噜咕噜地喝完,他抹抹嘴,骂了句他妈的,真是应了那句话:No zuo no die.(中式英文)

　　简向东问,你说什么?

　　田野说,不作就不会死!

疯 迷

1

冉仕科跟在母亲后面,往山上走。雨还在下,虽然不大,也架不住持续时间长,把一条山路泡得稀烂。尽管他特意换了双运动鞋,还是哧溜哧溜滑了好几下,小腿肚子不由得发紧。他看了眼走在前面的母亲,手上提着一个大编织袋,一走一碰腿,但依然很稳当。这让他不好意思,看来自己的确是在城里待得太久了,久到不会走山路了。

母亲忽然说,你把伞拿出来打起吧!他说,打伞更不好走了。母亲不高兴地说,不打伞我脑壳淋了雨就发痒,我才洗过没两天。冉仕科才知是母亲需要打伞。他不敢再违抗。今天上山扫墓是他坚持的,母亲说又不是祭日又不是清明,扫个啥子墓嘛。他说好不容易有空回老家,怎么也得去祭拜一下父亲嘛。他不敢说他就是为了扫墓

73

才回来的,怕母亲心寒。母亲说那就等雨停了再去嘛。他说不行,他只有三天时间。母亲这才很不情愿地陪他上山来。

冉仕科侧身,斜过背后的背囊取雨伞,不料雨伞拿出来的同时,插在背囊旁边的水杯滑了出来,那是他临出门前泡好的一杯热茶,茶杯咚的一声,不偏不倚地砸在了母亲的脚背上,母亲哎哟哟地叫着蹲下去。

冉仕科连忙弯腰问,怎么了?怎么了?母亲没好气地说,怎么了?你砸到我脚杆了,唉哟哟,痛死我了!

冉仕科不吭声,只能让母亲抱怨。因为下雨,母亲穿了双很旧很旧的胶鞋,鞋面薄得快成网了,一点儿保护作用也没有。不想母亲没抱怨他,转而抱怨起死去的丈夫来:你个死鬼,冤家,死了那么多年了还不让我安生?!我到底是哪一点欠了你嘛?你要折磨我到啥子时候嘛!我硬是霉到头了。

冉仕科很意外,不知母亲这思路是怎么走的,转眼拐到父亲那儿去了?而且,他一直以为,母亲和父亲感情很好。他几次提出接孤身一人的母亲进城去住,母亲都拒绝,拒绝的理由就是我走了哪个守你老汉?不承想她会说出这样的话。听那语气,是真抱怨,真生气。看来,母亲和父亲感情好,是自己一厢情愿臆想出来的。

到了父亲坟前,荒凉的程度超出冉仕科的想象,如果不是母亲指认,冉仕科肯定找不到。野草茂密高深,几乎遮挡住了坟头。显然，母亲已经很久没来扫墓了。现在是七月，若清明扫过，也不至于如此。

母亲一句话不说，开始蹲下去薅草，冉仕科收起雨伞，也跟着一起薅，很快，手心就有了血丝。冉仕科暗想，算是一种弥补吧！父亲走了三四年了，下葬之后，他还是第一次回来扫墓。

清理干净坟头，雨也停了。冉仕科拿出热茶，很惬意地喝了几大口。母亲则从拎着的编织袋里，拿出塑料袋，塑料袋里装着纸钱，又取出个旧脸盆。旧脸盆旧得不能再旧了，底子锈得洞洞眼眼的，还有火烧火燎的痕迹。还在冉仕科很小的时候，就见母亲用它给爷爷奶奶烧纸钱了，感觉那盆子就是专门用来烧纸钱的。

母亲又拿出几个橘子，两块豆腐干，一一摆在坟前。再拿出一瓶酒和一个杯子。冉仕科接过来，把酒杯倒满放在坟前，又点了两支烟插在土里。然后两个人默契地蹲下去，把叠好的纸钱拆散松开，再点火烧。尽管空气湿度很大，但纸钱极易点燃，一串串的，十串纸钱很快就烧完了。

冉仕科在飘荡的烟灰前，很认真地跪下去给父亲磕头，心里默念道：老汉儿，你在那边还好吗？我那天梦到你，说没钱花了，今天我跟妈来给你烧了钱，你尽管用就是了。喝点儿酒，割点儿肉，再找个婆娘，好生自在地享受……老汉，跟你说点儿实在话嘛，我这一年很不顺，公司做不起来，屋头也不顺，你见过的那个媳妇儿，跟我吵了两句就带起娃娃回娘家了。不是你儿无能，是那个女人欲望太强烈，我没办法满足她。她看我挣不到钱了，就拍拍屁股走人了。老汉，你在天上要保佑我哟，你跟爷爷、祖爷爷都说一下嘛，保佑一下你们的后人嘛，保佑一下你的孙子，你的儿挣到钱了，孙儿的日子才好过，还可以再找个媳妇生两个……

父亲在世时，冉仕科很少跟他说话，现在却好像有说不完的话，其实他心里明白，他不是在跟爹说话，是在跟祖坟说话，跟冥冥之中的命运之神说话，真希望能把祖坟说得冒青烟。

冉仕科在那里念念叨叨时，母亲一直蹲在一边儿，跟墓地旁那些大石头一样无声无息。风吹过她满是皱褶的脸庞，头发扫在眼睛上，她也没去捋一下。冉仕科念叨完了，起身，让到一边，意思是该母亲拜了。母亲还是蹲着不动，一只手在脚背上默默地揉着。

冉仕科很奇怪，只好喊了一声，妈。

母亲忽然说，我不想拜，我不想搞这个假。

冉仕科问，你啥子意思呢？

母亲突然大怒：啥子意思？就是这个意思！我不想给他磕头！他在的时候对我就不好，好吃懒做的，害我做牛做马，还要被他打，他走了我还要拜他吗？懒得！我才不想假模假式地给他烧香磕头。今天只是陪你来，给你带路,以后找得到了你自己来,我不来。

冉仕科大惊。简直无法相信这是自己母亲说出来的话。如果刚才母亲抱怨父亲,还可以理解是一时有气,现在这番话,就完全是字字血声声泪的控诉了。

他结结巴巴地说,咋个这样说呢? 我觉得我们老汉对我们还可以的嘛!

母亲说,你晓得个屁,你就晓得读书,找家里要学费。学费是咋个抠出来的你根本不管,我做了田头做屋头,腰杆累断几回了! 你老汉逮到机会就溜到镇上打麻将,还把你学费拿来输光。好不容易把你和你妹儿供大了,他就病了,还得个富贵病,啥子活路都不能做,还吃那么贵的药,生生把家里的钱全部造光了,留一屁股债。我上辈子做了啥子孽哦,嫁给这种男人……算了不说了,说起都是气! 真的,说起都是气! 要不是为了你和你妹妹,我早就喝耗子药了!

母亲说的事,冉仕科倒是知道,他老婆之所以对他不满也有这个原因,工作几年好不容易攒下点儿钱,都拿回家给父亲治病了,不得已才辞职做生意的。

但冉仕科还是想不通,母亲竟然对父亲这么大怨气。父亲死的时候她哭得很伤心啊,一把鼻涕一把泪的,看来那伤心是为了她自己,为自己白白受苦那么多年。

冉仕科心里不痛快,又无法埋怨母亲。回想起小时候,的确是母亲在忙里忙外,父亲爱闲逛,还振振有词,说是要和村干部搞好关系。有一回母亲做好了饭去叫父亲，大概抱怨了几句，父亲竟勃然大怒，说母亲不给他面子，一回家就拿起手上的烟杆扔向母亲，母亲躲闪不及，打到了额头，流了好多血，吓得妹妹哇哇大哭。

可是，村里不少男人都这样，还有把老婆打断腿的，打流产的，相比之下，冉仕科也没觉得父亲特别过分。冉仕科把茶杯递给母亲，说你喝不喝？母亲一摆手，没好气地说，苦巴巴的，有啥子喝头？一会儿回去泡蜂蜜水喝。

母亲一直都忍气吞声，是个不敢高声说话的人。现在好像变了，开始有脾气了。是不是那次生病，差点儿丢命那次，在昏迷中转了世？这次回来，冉仕科感觉母亲并不像他想得那么凄苦，家里也打整得干干净净。而且，并没有像以往那样，见面就问他孙子如何，而是谈起了她自己的计划，她想把家里的几棵柚子树卖了，把自留地转租出去，再让儿子赞助点儿钱，在村里开个网吧。"我做不动地里的活儿了，开个网吧，我可以坐着挣钱。"母亲的想法很让冉仕科吃惊。

见冉仕科在瞪他，母亲恼怒地说，你老盯着我干啥子嘛？我就不能发牢骚吗？

冉仕科没有说话，把茶杯收起来插回到背囊里，伸手扶母亲站起来，母亲却甩开他的手，自己费力地挪到坟前，将脸盆、酒杯、橘子、豆腐干什么的，一一捡进布袋。母亲不过五十出头，但干燥花白的头发，粗糙褶皱的脸庞,还有很不灵活的腿脚,都让她看上去像个老太太。自己那个丈母娘不过比她小一两岁,看上去却像四十来岁的人,成天穿得光鲜亮丽,跳坝坝舞。

人和人,真的太不一样了。

2

就在冉仕科和母亲上山扫墓的时候,警察王小进和刘大兴冒雨来到了冉家坳。他们是骑电瓶车来的,弄得身上又是汗水又是雨水。冉家坳藏在川北的大山里,交通非常不便,幸好现在有电瓶车了。放过去的话,只能搭乘那种突突突冒着黑烟颠簸不已的火三轮。

镇派出所一早接到电话,说冉家坳的疯子死了,脑袋上有血。怀疑是非正常死亡,所长就把他们两个派过来,做现场勘查。

冉家坳很多年没出刑事案件了,偶尔有人告状,大不了就是偷鸡摸狗,或者男女勾搭之事。严重的刑事案件,要倒回去几十年前才发生过。那是二十世纪七十年代,乱,有外面的人跑来斗地主,不是游戏,是真斗。乱起来,打死了地主。因为乱,也就不了了之。改革开放后,家家户户都忙着发家致富,做小买卖的,出门打工的,有点儿血气的青年壮汉都去山外面了,剩下些老人孩子,村子里太平得了无生气。

这次不一样了,这次疯子忽然死在这么平静的年景里,对冉家坳这样的山村来说,是大事。冉家坳因交通不便,一直比较封闭,说得好听点儿是民风淳朴,忽然有人死于非命,惊动了众人。

两位警察到现场勘查后,初步确定死者属于非正常死亡。头部流血,倒毙户外。虽然下雨,额头上的血还是清晰可见。尸体旁的泥土里,也有血痕。

他们便开始在冉家坳走村访户,摸排线索。这样封闭的穷山村,肯定是一个摄像头都没有,查案只能靠老办法,一家家走访,查找蛛丝马迹。不料却很不顺,一向热情助人的村民都不愿协助两个警察,他们要么不说话,要么顾左右而言他。连那个当了三十多年村干部的老村主任都打哈哈说,不好查就不查嘛。说不定是他自己活得不耐烦了,喝了耗子药哩。

警察很奇怪,尤其那个年轻的,刚从警校毕业没多久的刘大兴,他不解地问他师傅王小进,哎王哥,你不是说这里的村民特别淳朴,特别有正义感吗?怎么这么不配合哩?

王哥,虽然叫王小进,却比刘大兴大个六七岁,加上长年在基层工作,长相也显老,已经像中年人了。他说,上次有人在山上偷猎,全村老老少少都协助我们去围捕,那绝对热情,那个阵仗,都让我担心他们出问题了,拦都拦不住,好家伙……

刘大兴知道师傅一说起过去的案子话就多,连忙打住他的话头:可是今天咱们连着问了几个,都不言语,要么傻笑,要么摇头。刚才那个光头老汉居然说,反正是个疯子,整么么清楚干啥子嘛?这叫啥子话哦?每个人的生命都是珍贵的,不能因为他是疯子就该死嘛。

王小进笑起来,他是笑刘大兴那个学生腔。

两人从光头老汉家出来,打算去下一户人家。雨停了,但空气依然湿热。村里的路泥泞不堪,两边的房屋也显得破烂,柴草乱七八糟地堆在墙边,不似从前那样垛得结结实实,再盖上油布,一副得过且过的样子。这十来年,村里的年轻人都进城打工去了,挣钱之后,也没人回来建新房,只是接了孩子去城里过。村子渐渐有了被遗弃的破败迹象。王小进的老家也是如此,地也成片成片地荒了,也许有一天,这样的山村会彻底消失。

刘大兴没有这样的感慨,他家在城里。他一门心思在想案情,他琢磨着说:刚才那光头老汉说,疯子一天到黑骂人,村里人个个都讨厌他,怕是被全村人咒死的。你说,人真的可以被咒死吗?意念真有那么强大吗?

王小进说,这个还没有科学证明。不过这个疯子的确是招人嫌,去年就有村子里的人来我们派出所告过状,说他扰民。但是我们有啥法呢?他只是骂人,又没动手,又没偷东西,够不上犯法,只能是说服教育,可是哪个会去说服教育一个疯子嘛,完全是对牛弹琴。你要是把他弄来关了,只能是自己找麻烦。

这是个地道的山村,村庄依山势而建,弯七弯八,地形复杂。到处是石块垒起的平台和阶梯。要一家家走过来,至少得两天。刘大兴说,唉!这案子要放城里,调取几个监控录像,坐屋里就能查清楚。

王小进说,越是缺少科学手段,就越能检验我们警察的侦破能力,你晓得不?靠大脑还原作案过程,晓得不?要动脑子。

刘大兴说,是不是像大侦探波罗那样,调动灰色小细胞?

王小进没理波罗,轻描淡写地说,不过也没必要太担心,因为越是落后的地方,作案手段也就越简单,我估计费不了好大个事就能查出来。

刘大兴说,为什么?

王小进说,因为社会进步了法制健全了,犯罪手段才会复杂。你想嘛,他不提升作案能力,不是太容易被抓获了吗?而这种地方,根本不用太复杂的手段。

刘大兴频频点头,很崇拜地摸出一支烟递给王小进:那这次我可得跟王哥好好学学。

他们走到一户人家,还没踏上台阶,就惹得院子里的大柴狗无比兴奋,仰天狂吠。

王小进点了烟,眯着眼说,我现在琢磨的是,这个疯子骂人已经骂了两年多了,一直平平安安的,全村人都习惯了,权当他是更夫,是个巡夜的,咋个会突然想起要弄死他呢? 一个是,有人忍耐到了极限;另一个是,有人头一回听到这样骂受不了。总之,此事必有蹊跷,元芳你怎么看?

这后两句,他是用普通话念白的,把刘大兴逗得哈哈大笑,刘大兴的笑让柴狗生气,吠声更猛烈了,一个老太太开门出来,笑眯眯地迎候他们:来,进屋来。就好像有人来走亲戚般的高兴。

刘大兴压低声音说,王哥,依我的看法,是你说的前面那个原因,有人忍耐到了极限,一时间鬼火冒,恶向胆边生,果断下手! 所以我敢肯定,是熟人作案。

你咋个能确定呢? 王小进问。

刘大兴说,你想嘛,不是熟人的话,跟他无冤无仇的,他又无财无色的,杀他个疯子干啥子?

刘大兴为自己的总结感到得意, 又复述了一遍,无冤无仇,无财无色,哪个会杀人? 再说,这个村子也没有外来人嘛。

王小进说,恐怕现在还不能下结论哦。我告诉你,绝对有外人,我一进村就发现了,村子里有外人,不是我们两个,是其他人。

刘大兴吃了一惊:真的哇? 是哪个?

王小进说,你说是哪个? 肯定是城里人嘛。

你咋个发现的?

我看到有人拎了个家乐福的购物袋，还蛮新的。家乐福，是很大一家超市，我们县城都没有，要成都才有。

3

疯子死去的那天，村主任起得特别早。他当然不是起来杀疯子的，虽然他也厌恶他，恨不得他去死（死了才会闭嘴）。村主任起得早，是因为头天夜里他翻来覆去睡不着时，忽然想到要做一件事，一旦想到了就急不可耐，恨不能马上起床去找人，于是起了个大早。

村主任想把自家院子到路口的那个台阶，安一个门。夜里他听见疯子在外面叫骂时，忽然有了担忧，那疯子会不会哪天突发奇想，走上台阶到他家门口来叫骂呢？即使不给他开门，也够心惊胆战的。他儿媳妇马上要生了，可不能受那种惊吓。还是拦一下为好。

这么一想，他越发地恨这个疯子，本来安安静静的一个村庄，被他搅得夜夜不宁。而且疯子每次骂人，还从他村主任起头，似乎在他那个疯癫癫的世界里，这个秩序依然要维持。

"你这个狗官，你这个流氓，你多吃多占，你霸人妻女……"

疯子骂人有唱戏的风格，押韵，尾音略微拖曳。据说是早年跟着县剧团跑过，虽不会唱戏，只是给人家搬道

84

具拉幕布，也还是受了些熏陶。他喜欢上一个女演员，迷得不得了，每天跟在女演员屁股后面，挣的那点钱都给女演员买小吃，买花，买擦脸油了。可女演员都不正眼看他，还说他骚扰她，找团长撒娇哭诉，剧团就把他开了。

疯子回村时还基本正常，虽然疯癫癫的，但不乱来。就是迷女人，迷女人也正常，三十多了还没老婆，见了女人肯定如饥似渴的。只是他表现出来的样子很不雅，眯着眼，流着口水傻笑，并且明目张胆地往女人身边凑。夜里还趴过人家的窗户。但女人们并不特别讨厌他，除了村里男人太少外，还有一点，他总是无条件地帮她们干活儿，脏活儿重活儿，路上遇见了，笑一笑，就能把自己肩上的重物往他肩上放。为此他总是在村里晃荡，四处献殷勤。他哥哥气死了，好好的身板，却放着家里活路不做。万般无奈，咬咬牙，给他娶了一个老婆。哪知那女人体弱多病，娶过来就病倒了，三天后就呜呼哀哉。疯子受了刺激，便彻底疯了。

估计疯子把死老婆这事，怪罪到了全村人头上，从那时起就开始骂人了。他家住在山坡上，他吃过晚饭就出门，如同城里人饭后散步那样，遛着弯儿往坡下走，边走边骂，指名道姓。

你说他疯吧，他骂的还基本靠谱，哪家儿子不孝顺，给老娘吃剩饭剩菜；哪家公公欺负了儿媳妇；哪家经常把邻居的鸡捉回自己家；哪家的娃偷别人地里的菜是她妈指使的;哪家的老公出去打工,在外面采了野花;哪家媳妇喝农药寻短见,是婆婆咒的……坏人坏事一箩筐。连自己都不放过,叫着自己的名字说,你这个狗日的倒霉鬼,女人见了你都会吓死……

有时耍起横来,他还会跑到人家家门口去大小便,把尿撒到柴火堆上,把牛粪扔进做豆瓣儿腌咸菜的缸里,村里人不恨他是不可能的。有时气不过,追出来打他,他跑得飞快,转眼就不见了。脑子虽然有毛病,腿脚却来得利落。

据好事者统计,全村没被骂的就两家,一是他嫂子(他哥哥气死之后嫂子还是天天给他做饭送饭),二是他三叔(据说小时候父亲死了三叔一直关照他和哥哥)。连大家公认的老实人,冉家的寡母,他都要骂,说她偷男人,装贤惠。村里人都觉得好笑,冉家大妈都五十多岁的人了,偷什么男人嘛。

虽然私底下大家承认,疯子骂的大多"事迹"是沾边儿的、靠谱的,但面子上绝对否认,一致对外。因为如果你跟他认真,就等于承认被他骂痛了(骂对了)。比如村支书,他心里就明白,疯子骂他的事儿不是没影的,他挪用过几次村里的提留款,也睡过几个老公在外打工的妇女。可那都是前些年的事了,自从儿子娶了媳妇,他感觉自己是做长辈的人了,便收刀检卦,开启了稳重正派的新模式。可疯子却不依不饶,骂个没完。村支书便摆出很大度的样子跟村里人说,一个疯子,狗嘴里吐不出象牙来,莫去理他。有时候又说,我们村子太安静了,他出点儿声也算添点儿人气嘛。

于是乎,疯子骂声经久不衰。

村支书天不亮就起床了,匆匆吃了碗面,就去找村里的水泥匠,打算在自家台阶下面修两个礅子,然后安个门。因为没睡好,他感觉脑袋有点儿发沉,脚下有点儿轻飘。早上的村子很静,静得能听见山对面孙家村的鸡叫声,空气湿漉漉的,一点儿不像七月的天气。

刚下了坡,就遇见一个学生娃惊诧地边跑边喊:死了死了,村支书他死了!

早上的雾气罩在他流着冷汗的脸上,让这张小脸看上去像死神身边的小鬼。村支书生气地拦住他,喝道:谁死了,说清楚!

学生娃一脸惊恐地说,疯子,疯子死了。

村支书心里一凛,但还是很淡定地说,在哪里?带我去看。

村支书的脚步越发的轻飘,下坡时有些软。怎么才想修个门拦住他,他就死了?这也太奇了。莫非老天爷听见自己的祷告出面帮忙?还是儿媳妇肚子里的娃是个小天使?阻挡了魔鬼?不管怎么说,这事儿来得太突然,即使是件好事儿也让人惊悚。

村支书跟着学生娃走了没多远,就看见三五个人围在一条坡道上,路边倒着衣衫褴褛的疯子。疯子摊手摊脚地躺着,仰面朝天。

村支书走过去,围着他转了一圈儿,不能确定他是不是真死了,因为他经常很随意地躺在路边(或者地头或者树下)睡觉。他夜里骂人,白天睡觉,虽然有个家,但很多时候他找不回他的家。大部分时候村民见到他的样子,就是倒在地上的样子。他把整个村子都当他家了,想睡哪儿就睡哪儿,自在得如同天人。

可是,这么躺在湿乎乎的雨地里还是头一回。

村支书蹲下去,用手在疯子鼻子底下挨了挨,果然没有气息了。村支书站起来问,咋回事?

学生娃的惊恐已经散去,亢奋还在:是我发现的,我发现的。我上学晚了,跑着赶路,差点儿被绊倒了,我就骂他挡路,他不动。我踢了他一脚他也不动,肯定是死了嘛,我就跑去叫你了。

村支书又盯着疯子看了一会儿,疯子的嘴微微张着,焦干,几颗黄牙齿露了出来。牙齿之间,曾源源不断地冒出恶言恶语,现在却被锁定了,再也不会一开一合了。就在昨天夜里他担心疯子上家来的时候,疯子死在了路上。肯定不是冻死的,现在是夏天。那么是饿死的?也不像,疯子从来不缺吃的,他嫂子总是定期地给他放一盆饭在他小屋门口。何况,前半夜他还很正常地巡夜,高声叫骂。

忽然，村支书发现了血迹，在疯子蓬乱的头发下面，隐约可见。再细看，头的下面也有血，虽然被雨水冲过，还是能看出来。莫非是夜里走道不小心摔死了？

村支书开始发布指示:学生娃都赶紧上课去，不要再围着看了。你，去叫他嫂子来，你，用你那电话，给派出所报个案，就说疯子死了。

被分派报案的，是路边杂货店的女老板，女老板不动，说这个也要报案啊？他自己摔死的，寿期到了嘛。让他嫂子侄儿来收尸就行了。

村支书说，那么多血，不好说嘞！前半夜我还听到他在骂人，咋说死就死了？他天天走夜路，咋个会突然绊倒？

村支书说这话的时候，恍惚觉得疯子嘴巴又动了起来，心里一惊，随手从路边捡了一片编织袋，盖在他的脸上。

正说着，疯子的嫂子来了，毕竟是自家人，脸上的表情比众人要悲戚几分。疯子父母早亡，哥哥在他发疯那年走了，就一个嫂子，带着俩儿子住在村子下面路口上。

咋回事？疯子的嫂子惊恐地问。

村支书如此这般地跟疯子的嫂子学说了一遍。然后商量地问，他家嫂子，你看，咱们给派出所报案不？

嫂子有些没主张，迟疑着说，昨天还好好的，我傍晚放在他窗台上的一大盆饭都吃光了，今天早上我去送面,屋头就没人了,咋个突然死了呢?

村支书说,谁知道呢,是不是寿期到了?本来这话是学刚才杂货店女老板的,但一抬头看见疯子的嫂子正死死盯着他,心里忽地发虚,连忙说,报案。我已经让人报案了。

他指指杂货店女老板,杂货店女老板无奈地转身,去家里打电话。

村支书想,如果按疯子骂人的顺序来排,他的嫌疑最大。因为每次疯子都是从"你个该死的村支书你个流氓村支书"开始骂的。即使是在他疯疯癫癫的世界里,他的地位也是不可动摇的。但是骂了快两年了,他已经不生气了,听习惯了,肯定不会去杀他。自己心里没鬼,干吗不报案?万一是凶杀,埋了再让他们挖出来就麻烦了。这种事,他可是在电视上刚看到过的。

4

冉仕科搀扶着母亲,一瘸一拐地下山,在村口遇见一个男人。

男人是个瘸子,真瘸,不是受伤了。冉仕科当然认识他,村里人都叫他瘸子三叔,三叔不但瘸,还是个鳏夫。

几年不见,瘸子三叔老了很多,脸上的皱纹像核桃皮,面色也发黄。在冉仕科的记忆里,小时候瘸子三叔常

90

来他们家,地里的活儿帮不上,但他手很巧,编个篮子修个桌子椅子什么的,特别在行。还会理发,有一套理发工具,时常背着,上东家去西家的,挣点儿盐油酱醋钱。每次来他们家,母亲都要给他煮两个荷包蛋,这很让冉仕科嫉妒。母亲说,他帮我们做了那么多事,从来不要钱,吃两个鸡蛋算什么? 吃一篮都不过分! 哪天我还要杀只鸡给他吃呢!

说是说,母亲始终也没舍得杀鸡。但在冉仕科的记忆里,瘸子三叔每次都埋头把荷包蛋吃完,从来没让过他一个。而且父亲脾气再大,对这个瘸子还是客气的,因为他的脑壳,也是指望三叔剃的。

三叔见母子二人搀扶着走过来,就问,咋个了? 受伤了?

冉仕科点点头,正想说句什么,母亲却立即反问道,你咋个了? 把脸盘整成那个样子? 冉仕科这才注意到,三叔脸上有伤,还挺明显的,颧骨那儿蹭掉一块儿皮,发黑。

瘸子三叔摸摸脸,小声咕哝说,没有啥子,在门口绊了一跤。那个,你脚受伤了,还走啥子路呢? 喊科娃背起嘛。

冉仕科说,她不让我背。

母亲说,他那个身子板儿,背我还不得一起摔地上。

三叔转脸冲着冉仕科笑,科娃,回来啦? 辛苦哈。

冉仕科应付道,不辛苦,不辛苦。

昨天夜里睡好没有? 三叔继续问,一脸讨好的笑容。

还可以。冉仕科不想跟他多说,可三叔还是不走,他动手动脚的,想去接母亲手上的编织袋,母亲不松手:生硬地说,你不用管我们,我们一会儿就到家了。

三叔收了手,忽然对母亲说,来了两个警察,刚刚。

母亲有些诧异,咋了?

三叔说,疯子死了。

母亲一愣:疯子死了? 啥时死的?

三叔说,昨天夜里。

咋个死的? 母亲似乎非常在意。

嗯,可能是摔死的,他们说脑壳上有血,躺在杂货店下面那条路上,一个学生娃早上发现的。

母亲愣了一会儿,说,该遭! 死疯子,天天夜里出来骂人,看来阎王爷都看不过去了,收了他。

三叔又嗫嚅地说,警察怀疑,是遭人打死的。

母亲没好气地说,哪个半夜起来打他哦? 肯定是自己绊死的嘛。

冉仕科扶着母亲继续走,刚挪两步,母亲又回头对三叔说,他三叔,我们科娃从城里头带了云南白药,还有创可贴,你来家里拿嘛,那个很管用的,把你脸上的伤敷一下,不要感染了。

三叔连连点头,嘴上说谢谢喽! 谢谢喽! 但依然站在

92

原地没走。

　　冉仕科再笨拙，也看出母亲和三叔之间超出常人的关系了。他们说话的语气，他们的眼神，既有自家人的默契，又有不是自家人的暧昧。尤其是母亲，刻意用生硬的语气说话，但眼神却是关切的，甚至有少见的温柔。

　　冉仕科简直想不明白，他老妈怎么会跟这个瘸子好？

　　他忽然想起，父亲去世后的第一个春节，自己把母亲接到城里过年，母亲只住了几天，就心慌慌地要走，冉仕科怎么留也留不住。临走前的晚上，母亲吞吞吐吐地跟他说，有人要给她介绍个老伴儿，她想征求一下他的意见。冉仕科大吃一惊，死死盯着母亲，好像母亲说她打算杀个人似的。是哪个？冉仕科问。母亲眼睛看着别处说，还没说是哪个，只是问我想不想找一个，互相有个照应。冉仕科想也不想就说，不行，像啥子话嘛。过了一会儿又说，你要是孤单，就到我这儿来住。母亲说，城里我住不惯。过了一会儿母亲又说，我问了你妹妹的，她说随我的意愿。冉仕科以长子的口吻再次明确表态说，不行。我不同意。你也不想一下，全村人都认得我爸，你又去找一个，羞死先人了。母亲不再说话，从此不再提。

　　难道人家介绍的所谓老伴儿，就是这个瘸子三叔？幸好自己没同意，一个瘸子，怎么照顾母亲？母亲照顾他还差不多。万一以后母亲先走了，自己还得赡养这个莫名其妙的继父。

转念又想，母亲一个人确实孤单，只要不结婚，他们两个要咋样都行，自己就当不知道。

他问母亲，哪个疯子死了？我怎么不晓得村里有个疯子？

母亲没说话，冉仕科以为她不打算回答，走了两步母亲却忽然说，就是那个一天到黑骂人的疯子，昨天夜里你不是也听到他骂人了。

哦，就是那个半夜唱戏的？

母亲说，唱啥子戏哦！他是在骂人，满嘴的狗屎。

冉仕科想起了。昨天夜里，具体说是前半夜，他的确是听见外面有个男人的声音，又像唱戏曲，又像喊口号，在那么安静的山村里显得非常突兀。他很疲惫，刚想入睡，就被这个声音吵醒了。竖起耳朵听了一会儿，也没听清，四言八句的，有点儿像唱戏。

"你以为我不晓得，我啥子都晓得……"

后面的意思就听不清了，他对家乡的土话已经有些隔膜了。他好奇，起身出门想看看。刚开门，就看见母亲正站在院门口，朝外面大声呵斥，那感觉有点儿像呵斥要饭的，又有点儿像呵斥野狗。

母亲回头看到他说，你睡你的，不用管。

冉仕科太疲倦了，没心思再问，就回屋里倒头睡了。今天起来光想着扫墓的事，也忘了问。

他咋个疯的呢？为啥子要骂人呢？骂哪个呢？冉仕科按捺不住好奇，一一问道。

母亲一言不发，好像有点儿心不在焉。

回到家，冉仕科让母亲脱掉鞋袜，一看，脚背居然肿了。没想到那一杯热茶有那么大的杀伤力。冉仕科问，要不要去镇上医院看看？母亲说，二十几里路，你背我呀？冉仕科想想也是不现实，除非是搭人家的拖拉机，昨天他就是搭了一个拖拉机回来的。母亲又说，哪有那么娇气，我又不是头一回受伤。

冉仕科只好把毛巾浸了冷水，给母亲敷脚背，然后再喷了些云南白药。回来之前他打电话问母亲要带些什么，母亲说，买点儿创可贴，买点儿外伤用的药。他很意外，后来一想，在乡下劳动，肯定会经常伤到手脚的，就买了两盒创可贴，两盒百多邦膏药，两瓶云南白药的喷剂，没想到马上派上了用场。

冉仕科原计划第二天就走，现在看来只有多待两天了。虽然母亲一口一个没关系，你走你的。冉仕科还是下不了这个决心。尤其看到母亲那个苍老的样子，心里有些难过。看来那个算命先生还真是说到点子上了，自己的确是尽孝不够。"先生你要想转运，须先尽孝。对不在世的长辈你要经常烧香磕头，在世的长辈你要好生经佑（侍候）。"

他让母亲躺在床上歇着，母亲不肯，说要做饭，要洗菜,还要去杂货店买豆瓣酱。他发火说,你想当瘸子啊？这些事我不会做啊？

母亲这才靠在床上歇息,但依然是不安宁的样子,蹙眉、发愣,看着窗外。

冉仕科想,自己实在是不了解母亲。

5

村支书领着两个警察到冉仕科家时,已临近黄昏。

冉仕科和母亲端起碗正要吃饭,听见外面有人招呼。他放下碗,走出门去,看见村支书带着两个警察在院门口。村支书说,科娃,这两位是镇派出所的王警官和刘警官,他们来调查案子。

尽管冉仕科早已是城里人了,村支书还是习惯按从前的叫法叫他科娃。冉仕科只能重新习惯这叫法。村支书又转头对二位说:这个是他们家儿子,刚从省城回来看他妈妈的。

刘大兴跟冉仕科握手时忍不住笑说,哦,原来你就是那位从大城市回来的外地人啊！家乐福,哈哈。

冉仕科奇怪,不明白他啥意思。

王小进连忙岔开话说,他是听村支书介绍说,你在城里做生意,是个老板。

冉仕科讪笑,啥老板,就是混口饭吃。

村支书说,科娃,你晓得不,我们村子那个疯子死了,昨天夜里死的,这两位警察是来查案子的。

王小进说,不要老说疯子,要说名字。死者叫冉仕祥。

村支书只好说,就是,冉仕祥死了。

冉仕科想,看来这疯子还和自己同辈呢!他说,我听说了,是不是摔死的?

刘大兴说,现在还不能下结论,还要仔细调查。所以来请你们协助。不好意思耽误你们吃饭了。

冉仕科晃晃筷子说:要不,你们将就在我们家吃点儿?

王小进说,不不,我们要抓紧时间查访,还有好几户人家没去呢!

刘大兴直截了当地问,你昨天什么时候到家的?夜里听到外面有什么动静吗?

冉仕科说,我下午到家的,夜里刚睡下,就听见外面有人大声喊,有点儿像唱戏。我爬起来去看,我起来的时候,我妈已经把他撵走了。我就回去睡了。所以也没听到什么。

王小进说,哦。这么说,你妈昨天夜里见到疯子了?

冉仕科说,我也不清楚,我就看到她站在院门口,好像是在撵人。

刘大兴立即说,那我们进去跟你妈聊聊吧!

冉仕科说，我妈脚受伤了，在床上歇着。

两个警官不再跟他多说，撇下他，直接进屋去了。

冉仕科只好坐在院子里陪村支书。村支书低声道，真是你妈昨天夜里出来骂了疯子？

冉仕科说，我妈是害怕疯子吵到我瞌睡，赶他走。也就是喊了几嗓子，不可能把他喊死嘛。再咋个怀疑也不能怀疑到我妈身上嘛。

村支书说，肯定不能嘛。唉，说句不该说的话，这疯子早该死了，弄死他的人就是为民除害，全村人都感谢他。

冉仕科说，他有那么可恶啊？

村支书说，两年前他刚娶的老婆死了，病死的，也不晓得咋搞的，他给他老婆下葬后就疯了，跟着没多久，他哥哥也死了。我看是他们那家人风水不好。他疯了以后就开始骂人，每天晚上天一黑就开始骂，而且是指名道姓地骂。除了他嫂子和瘸子三叔，哪个都要骂。

冉仕科忽然问，那我妈呢？他也骂？

村支书迟疑了一下，点点头。

他骂我妈啥子呢？我妈有啥子好让他骂的？冉仕科愤愤地追问。

村支书说，唉，反正就是那些话，偷男人啥子啥子，都是乱说的，你不要当真，哪个当真哪个就气死。

冉仕科在一刹那想起了村口的三叔，又想起了母亲在山上对父亲的抱怨，两点连成一线，挑开了脑中的疑惑，他不再说什么。想想也是，村子里一个疯子，每天挨家挨户骂人，全村人吐唾沫都能淹死他。

那警察调查了大半天，找到啥子线索没有？

村支书说，警察说，疯子是从上面那条路，就是你们家门前这条路摔下去摔死的，警察怀疑是有人故意推了他。

冉仕科说，不会吧？是不是他自己摔倒的？半夜三更，坡坡坎坎的，太容易摔倒了。

村支书说，我也这样认为嘛，但警察不相信，他们围着疯子的尸体看了好长时间，坡上坡下来来回回好几遍，就跟在数蚂蚁一样。他们说坡上那条路有打斗的痕迹。就是说，疯子死的时候不是一个人，是有人跟他打架，把他推下去了。他们还把疯子的血取了样，找人送到城里头去化验了。

两个人正聊着，听见院门口有咳嗽声，抬头一看，是瘸子三叔走了进来。三叔小心翼翼地问：警察在你们屋头？

冉仕科点点头，起身招呼他：哦，三叔，你是来拿药的吧？

三叔说，嗯，我来拿药。不不，我来找警察。

这时，屋子里忽然传来母亲的声音，喉咙很响很响：是，是我打死的！你们把我抓走嘛！

冉仕科冲进屋子,见母亲正要下床,他连忙按住母亲,然后问警察:咋个回事?咋个回事?

刘大兴也有些回不过神来的样子,他解释说,我们就是问你妈昨天夜里的情况,你说,她听见疯子骂人,很生气,就轰他走,轰不走,就扔了根柴棒出去。我问她打到疯子没有,你妈忽然就发火了。

冉仕科说,不可能哦,我妈哪有那么好的身手?

刘大兴说,我也没说就是她打的嘛,但我们肯定要问清情况嘛。哪里晓得她老人家突然就冒火了。

王小进接过话说,我们的确在你家门前这条路上发现了血迹。人命关天,每一个疑点都必须查清楚。

这回轮到冉仕科回不过神了,他看着母亲,希望母亲赶紧撇清自己,母亲却丝毫没有害怕的样子,继续嚷嚷说:他平时骂人都算了,我儿好不容易回来一趟,也被他骂得睡不成瞌睡,老娘就是想打他。打到了正好为民除害,死疯子!

冉仕科瞬间鬼火冒,上前猛地推搡了一把母亲:你乱说啥子?在警察面前都能乱说吗?你以为警察是你儿,你随便说啥子都无所谓?我看你简直是疯了!不想过了!

瘌子三叔跨进了门,用少有的大声音说,警察,村支书,不是她打的,绝对不是她打的,不要相信她乱说。

几个人又把三叔盯着,三叔顿了一下说,那个疯子,就是我那个疯侄儿,是我打死的。我来坦白。

100

冉仕科目瞪口呆。同时目瞪口呆的，还有村支书和两个警察。

只有冉仕科的母亲，有些哀怨地看着他。

接下来，瘸子三叔一五一十地交代了案发时的情况：

昨天黑夜，我在路上遇到疯子了，他又在骂人，我好言相劝，不要再骂人了，回去睡瞌睡。疯子不但不听我劝，还突然骂起我来，从没有过的事……

王小进问，他骂你啥子？

三叔迟疑了一下，说，反正就是那些难听话嘛，我懒得学。我从小把他当儿待，他居然这样对我，我简直是气惨了，就扇了他一耳光。哪晓得这个疯子疯凶了，连我也不认了，回过头来扇了我一耳光，他力气大，一下把我打翻在地上，他也不管我，自顾自地就走了，还是边走边骂。

王小进问，又骂哪个呢？

瘸子三叔说，骂哪个？哪个都骂，反正挨着骂。我一摸，脸上都是血，老子也毛了，就爬起来去追他，揪住他，想把他拉回家。我哪里打得过他嘛，他又把我推倒在地上，我都不晓得他咋个掉到路坎下去的。黑乎乎的，我也没看见。我听没声音了，就回家去了。今天早上才听说他死了。算我倒霉。

刘大兴说，你咋个不早说？

三叔说,我一直在屋头等着,你们没来找我嘛。

王小进说,我们一家一家排查,很费时间,但肯定要问到你的。不过你主动来坦白,是对的。

其实三叔心里明白,警察的确把他排除在外了,因为想到疯子是他侄儿,疯子从来不骂他。没想到会出现这样的意外。

不过还是有很多疑惑,据村支书说,瘸子三叔住在村子上面,他为啥子要半夜走到冉仕科他们家来呢?第二,疯子从来不骂他,昨天夜里却开骂了,到底骂了他啥子把他惹火了?第三,刚才三叔进来之前,冉仕科的母亲为啥要把事情揽过来,说自己用柴棒打了疯子?

他还来不及说什么,村支书就忍不住说话了:他三叔,你老人家住在上面,三更半夜的,咋个会在这里遇到疯子呢?

瘸子三叔看了一眼冉仕科的母亲,小声说,我听说科娃回来了,我想过来看看。我怕疯子吵到科娃睡觉。

冉仕科的母亲恨恨地盯着三叔说,多事!要你管!我自己晓得撺!

冉仕科也很恼火,时而盯一眼瘸子三叔,时而瞪一眼自己母亲,显然他在克制自己。

事至此,算是基本清楚了。

刘大兴合上本子,关了手机录音键。他想,这案子,最多也就是个过失杀人吧,或者连过失杀人都算不上。

实在是让他意外,意外中还有些小小的遗憾。真的像王哥预测的,一点儿技术含量都没有。从现场勘查的情况看,三叔所说的基本符合事实,疯子掉下去,脑袋磕在了路边的石块上。三叔自己,脸上也的确有伤。

刘大兴还是不能释怀,他跟王小进嘀咕说,王哥,你说真就这么简单吗?

王小进说,难道你还想把它搞复杂吗?

刘大兴说,那倒不是,我只是觉得,有点儿奇怪。

王小进道,要说复杂,不是案情,是人心。先带回去,再慢慢讯问吧。

村支书在一旁结结巴巴地说,王警官、刘警官,能不能宽大他三叔?他三叔肯定不是故意的,他三叔是个厚道人。

王小进说,我们会酌情考虑的。

6

所有的人都离开了。屋里归于平静。

冉仕科重新热了饭菜,端给母亲。母亲说,我吃不下。冉仕科就端着碗站在那儿不动,母亲只好接过来,扒拉了两口,嚼木头一样地嚼,就两口,又放到了床边。

冉仕科没滋没味地勉强吃了碗饭,站在院子里吸了根烟,再回到屋里时,母亲还是那个姿势靠着,眼神空空

103

洞洞、冰冰凉凉。天黑透了，很静。冉家坳终于有了安静无比的夜晚。

冉仕科坐在母亲对面，看着母亲。母亲却不看他。

冉仕科实在忍不住了，终于说，你跟三叔，到底怎么了？

母亲眼睛盯着漆黑的窗户，很清楚地说，他是我的男人。

冉仕科虽已料到，还是有些恼火：妈，你也是，找谁不行，干吗跟他裹一起嘛？一个村里的，还是个瘸子……

母亲一字一句地说，我不跟他裹一起，我跟谁裹一起？你倒是说说看？我告诉你，这辈子对我最好的人，不是我爹妈，不是你老汉，不是你和你妹子，是他！只有他把我当个女人看，他怜惜我，对我好，他就是我男人。

冉仕科听出了母亲的哽咽，一下有些心疼，他知道母亲说的是实话。母亲在家里是老大，又能干，外公外婆就不让她读书，八九岁开始上山下田，样样做。那次母亲跟他进城，因为一个字不识，连公交车都不敢坐，母亲就曾经抱怨过她的父母，为什么不让她读书。

母亲转过脸来，眼里已经有泪水了，说起来还不是怪你！你那个时候坚决不让我再婚，如果那个时候我正大光明地跟他在一起了，就不怕疯子骂，就不会有今天这些事。

冉仕科不满地嘟囔说，咋个怪到我身上了？

104

母亲说,当然怪你! 他还不是怕你听见疯子骂我们两个,怕你不高兴我,怕我为难,才去拦疯子的! 要不哪里会有这些事!

冉仕科低头,不敢再顶撞。母亲索性哭出声来,呜呜咽咽的,透着伤心委屈难受绝望。冉仕科第一次有了深深的内疚。他起身,递了毛巾给母亲,拍拍母亲的肩膀安抚说,好好,是我不好。你还是跟我一起进城吧,以后我照顾你。

母亲擦了把眼泪说,不去。

冉仕科说,都这样了,你还要待在这里吗?

母亲说,他会回来的。他又没杀人。

停了一下母亲说,真坐牢了,我就给他送牢饭。

长久的沉默。

冉仕科想到了自己的婚姻。奇怪的是,回家这三天,母亲都没问过他媳妇怎么样。母亲不喜欢这个儿媳妇,他早看出来了。自己的媳妇对母亲更是过分,母亲不习惯用马桶,用了没有冲水,她居然写了个"请注意卫生"的条子贴在厕所门口,幸好母亲不识字。但还是把冉仕科气得够呛。

冉仕科忽然说,那个,宝宝她妈,回她娘家去了。你跟我去的话,就咱们俩住,你要是愿意,我就把宝宝接回来给你带。

冉仕科拿出手机,翻出儿子的照片递给母亲。母亲接过去,脸上总算有了点儿笑容:乖孙儿。我的小乖孙儿。

母亲把手机还给了冉仕科,温和地说,你看你方便,就带他回来看看我嘛!

冉仕科再无话,只好点头。

睡吧,那么安静,可以好生睡一觉了,有啥子事都明天再说。

母亲说完,衣服也没脱,就那么侧身躺下去,闭上了眼睛。

事出有因

　　周六我们战友聚会。我不喜欢太闹,去得比较晚。说十点在锦江花园集中,我十一点半去的。停好车下来,就听见有人叫我,回头看见一个熟脸,一时叫不出名字。好在他马上自我介绍了,他说我是邹晓军,外线分队的。我说,哦! 我是长话分队的。他说,我知道你。你现在是大作家啊!

　　我们就一起上楼。楼上闹哄哄的,聚会的人正从茶室出来前往餐厅。男男女女的,挤满了。看来战友们如今都比较空了,离开战场了。有人叫我,也有人叫邹晓军,并且对我们的晚到进行讽刺打击。在很多声音里我听见有一个声音比较突出:邹晓军,你是不是专门去约了作家一起来的啊? 邹晓军一迭声地说,不是不是,在门口遇到的。马上就有好几个人一起笑,是那种寻开心的笑。还有人说,肯定是你亲自开车去接的吧? 还有人说,肯定是到绕城高速上转了一圈儿才来的吧? 哈哈哈,大家都笑,很开心的样子。

我也跟着笑。对于这样的讽刺打击，我已经习惯了。每每参加聚会，都是一道免不了的菜。如果我不来，他们就在背后打击：她现在可是名人喽！请不动喽！如果我来了，那就当面打击：你现在是名人喽！和我们不一样喽！总之我得像犯了错误一样向各位赔笑脸。

当然，我知道大家也没什么恶意，找个话题说说而已。

可是邹晓军却不能接受，他面红耳赤地解释：真的是在门口碰到的，她都不认识我了，还是我自我介绍的。先前那个始作俑者说，不要解释不要解释，我们不听。还有人说，这是好事嘛！男战友关心女战友是应该的嘛！邹晓军说，你们这些人咋个不相信我呢？我说的是真的啊！我什么时候骗过你们啊！

这时我们连老指导员过来了，跟我和邹晓军分别握了个手，然后招呼大家入座。老指导员问我，去年春节聚会你怎么没来？我说，去年没人和我联系，我事后才知道的。老指导员转向邹晓军说，你怎么不通知她啊？邹晓军说，我这些年也没和她联系啊！刚才在门口才碰见。老指导员笑笑，意味深长的样子。看来他们还越说越真了。邹晓军又要解释，老指导员说，别说了，赶快入座，让营长讲话。

宴会就开始了，营长发表祝酒词，营长顶着花白的头发,已经完全像个退休老头了,当然腰板还是笔直的,这是区别。营长一声吼,大家一阵乱碰,之后就开始互敬互灌,十多分钟后,大厅就乱成一锅粥了,人都站了起来,尤其是男人们,脸红筋胀地,大声武气地,打架似的在那儿互相敬酒,搂着肩膀拉着胳膊彼此诉说着真诚的胡言乱语。

我和邹晓军因为到得晚,就在最边上的一桌。还好我旁边是我们分队的潘静兰,她不知为何也没凑到我们分队那桌去。起初还有些喜欢热闹的战友过来敬酒,热情洋溢地对我进行新一轮的讽刺打击,还稍带上邹晓军。后来我注意到一有人敬酒,邹晓军就闪开了。半个小时后,我们这桌终于清静了。我看邹晓军有些不痛快,就主动敬了他一杯酒,我说,你没事吧?他说没事。我说,你别当真,他们也就是开开玩笑。他说我知道是玩笑,但半真半假的,也挺烦人。潘静兰接过话说,你们也确实太巧了,十多年没见,就在门口碰上了?我听不出她是陈述句还是疑问句,解释说,可不是嘛!我刚要往里走他就叫我了,一开始我还没反应过来呢!邹晓军跟潘静兰说,我认识她她不认识我,我就赶紧自我介绍。潘静兰说,是吗?可是看你们走进来的样子,好像很亲热呢!我有些不舒服了,刻意说,真要有什么事藏都来不及,还跑出来展览?我还没那么弱智吧?潘静兰终于打住了,笑说,开玩笑的。

想想现在也真是够开放的，大家都四十多岁的人了，有家有口的了，却动不动就拿男女的事开玩笑，有些玩笑完全没有分寸，赤裸裸的，让人难以承受。想当年我们在连里，男兵女兵不要说开这样的玩笑，多说几句话都不行的。也不知这算不算社会进步？

餐厅里越来越乱，我坐着感到心烦。可是又不能走。指导员为了防止有人开溜，竟然在门口布置了"岗哨"。我们这桌的人全都出击了，杯盘狼藉的桌旁就剩下我们俩了，我和邹晓军。我忽然有了和邹晓军聊天的欲望。比之那些毫无距离感的老战友，这个有些拘束的人反而让我愿意接近。

邹晓军拿出烟来点上，我说给我一支。他很惊诧，我说反正坐这儿也无聊。他给我点上，自己再点上。有了烟在中间，他一下子自然了许多，笑眯眯地跟我说，你跟在连里的时候很不一样了。我说，学坏了吧！他说不是，随和多了。在连里你从不理我们男兵。我说不是不理，是不敢，没见那些理了的下场啊！邹晓军笑了。

那时连队处理了两对偷偷谈恋爱的战士，让我们心里发紧。

我问邹晓军在干吗？他说转业后一直在东城区公安局，前些年在下面的街道派出所，现在在局里。我说你可不像在公安局工作的。他说怎么了？我说，很低调啊！他笑起来，正想说什么，潘静兰突然跑回来了，大声说，耶，你们俩倒挺会抓紧时间嘛，在谈心啊？我说，可不是，反正大家都想成全我们，我们也别辜负了。潘静兰哈哈大笑，说作家就是不一样，然后一屁股坐在我身边。

也许是喝了几杯酒，潘静兰很兴奋，坐下就滔滔不绝地说起话来，我只好放弃了和邹晓军聊天的欲望。邹晓军也变得沉默起来，我们的谈话空间全部让潘静兰占领了。

潘静兰说，记得不，有一次咱们连过春节包饺子，咱们分队第一个包好，都吃完了他们分队还没包完，之好笑。班长就派咱俩去他们寝室帮忙，我摇头，毫无印象。我只记得那个时候的确是把面和馅儿分给各分队自己包的，哪个分队先包完哪个分队就去炊事班下饺子。潘静兰问邹晓军，你记得不？邹晓军点头说记得。潘静兰说我，你怎么忘了呢！我擀皮，你包。我都记得你是北方人那种包法，两边往中间一挤，速度很快。之好笑。我还是茫然。她说的包饺子的方式没错，那是我妈传授给我的，挤饺子。可是，上邹晓军他们寝室去帮忙，我怎么一点儿也想不起来？

不过我相信潘静兰说的是真的，因为我已经不是第一次，听别人讲我的往事感到陌生。我的青春期是一笔糊涂账。潘静兰继续说，那个时候晓军好瘦啊！但是很能吃，一次要吃50个。之好笑。我很吃惊，是吗？邹晓军不好意思地笑笑，潘静兰说，他不是饭桶是饺子桶，之好笑。

这时跑过来两个家伙,一把揪住邹晓军:你这个家伙怎么在这儿躲清静啊?你还没敬我酒呢!真不够意思,真不够意思。另一个看看我又看看潘静兰,点着潘静兰说,你不懂事,你真的不懂事,我得批评你,你怎么能夹在人家中间呢?当灯泡也不是这么个当法啊!潘静兰笑得弯下腰来,说,我乐意,人家都没嫌我你管什么闲事啊!

邹晓军被他们揪走了。看邹晓军那个为难的样子,我真觉得他不像个干警察的。也许警察也是多种多样的?就像别人常常说我不像个作家一样。

潘静兰说,你知道邹晓军他爸的事吗?我说不知道,他爸什么事?潘静兰说,哎呀!你真应该知道。我心想我为什么应该知道呢?我连他的事都弄不清。潘静兰说,那他爸是老革命你知道吗?我说好像听说过,三八干部?潘静兰说,对,打过日本鬼子的。但是因为有历史问题,一直没被重用。之好笑。

我觉得邹晓军一走我们就说他爸,好像不大好。可还是顺着她问了句,什么历史问题?当过国民党吗?潘静兰说,不是。他爸一个放牛娃当什么国民党嘛!一参军就是八路,之好笑。我跟你说,邹晓军最像他爸了,偏头偏脑的,之好笑。

我真受不了潘静兰这个“之好笑”,可是我的好奇心被她引发了,我问她,他爸到底怎么了? 潘静兰说,他爸很冤,冤得跟小说一样。

我还第一次听人这么形容,难怪她说我应该知道的,她的意思是他爸冤得已经进入文学艺术里了。我就认真地听她说。

我跟你说啊! 他爸是我见过的最冤的人。差不多就是冤死的。我跟你说啊! 他爸死的时候邹晓军都哭了,之好笑,我从没见他哭过,他和他老婆离婚的时候他都没哭,只是大醉了一场。那个时候他跟我说他简直想杀人,他的眼睛都气红了,之好笑……

潘静兰就开始给我讲邹晓军的爸以及邹晓军,一口一个"我跟你说啊",或者"之好笑"。显然她属于口才偏差的那种,啰里啰唆,口水滴答,若是直接显影在稿纸上,断会被我删得血流成河。可是,口才差挡不住故事精彩啊! 我还是无比认真地听了下去。

删除掉"我跟你说啊"和"之好笑",大概故事如下:

邹晓军他爸参军很早,打仗也很勇敢,但当了营长之后进步就比较慢了。因为有历史问题。我也不知道是什么历史问题,反正对他爸影响很大。他爸一直说自己是清白的,组织上却一直没下结论。所以他爸当到军分区司令就离休了。按他爸的资历和战功,本来应该到大区的。

他爸离休以后住在神仙湾干休所,心里郁闷,不爱和其他老同志交往。人家老干部都养草种花,或者下棋钓鱼,老有所乐,他什么也不弄,什么也不乐,没事儿就在院子里走路,一圈儿一圈地走。身体倒是走得挺好。

有一天他忽然接到一个老战友的电话,说他的问题有眉目了,快要弄清楚了。他高兴坏了,激动得在家待不住了,就走出院子了,一直走到花鸟市场去了,东瞅瞅西看看,没准儿他还想,以后也种种花养养鸟什么的。他走到一个卖花木的地方,也不知怎么的,是人家挤了他一下还是他没站稳,总之一个趔趄,就碰到了摆在木架子上的几个花盆,哗啦啦掉下来三四盆,当即打碎两盆。

邹晓军他爸赶紧道歉,还说他愿意把打烂的两盆花买下来。可是一掏口袋,发现一分钱没有。那个卖花的小贩就很不高兴,喋喋不休地说他那个花值多少钱,其实也就是二十块钱。邹晓军他爸说,不管多少钱我赔你就是了,但我现在没带钱,我回去拿。小贩不相信,不让他走,一个劲儿让他再好好摸摸口袋找找。邹晓军他爸把口袋翻给他看,告诉他确实没有。小贩说,哪有那么大个人出门不带钱的?邹晓军他爸没法解释,只是反反复复地说,我肯定不会骗你的,我回去拿了就送来。我让我们那儿的小伙子骑车给你送来,要不了半个小时。小贩白眼一翻一翻的,就是不信。邹晓军他爸只好说,实话告诉你吧!我原来是个军分区司令,是个解放军军官,我怎么会骗你呢？我们解放军不拿群众一针一线啊！小贩还来真的了，说，你拿证件给我看，现在冒充解放军的多得很。邹晓军他爸偏偏没带证件，小贩说，我看你还是给家里打个电话，让他们送钱过来好些。

这时已经有人围观了，邹晓军他爸觉得又气又窝囊，就大声吼起来：你把我当成什么了？你想把我扣在这儿啊？跟你说了多少遍我会送来的，你为什么就那么不相信我？难道我活那么大岁数了还来骗你？不就是二十块钱吗？你看我像是要骗人的吗？你到底要怎么样?！你为什么不相信我？

大概是他爸的声音有点儿凶，脸也涨红了，小贩吓住了，小贩看了邹晓军他爸一眼，摆摆手说，算了算了，我认倒霉，你走吧！邹晓军他爸说，什么叫你认倒霉？我说了我回去给你拿的，你要嫌慢我急行军，急行军还嫌慢我摩托化开进，行不行？小贩不耐烦地说，啰唆什么呀！我不是让你走了嘛！我不是说我认倒霉吗？你怎么还说啊？我不要那个钱了还不行吗？

这下邹晓军他爸真的生气了，就是说，这个小贩宁可不要这个钱了，也不愿意相信他。宁可不要这二十块，也要把他当成骗子。他气得一句话也说不出来，浑身发抖。但他就是不走，非要那个小贩说相信他回去拿钱他才走。小贩就不理他，继续做自己的生意去了。

正僵持不下的时候，遇见他们干休所一个老干部去买花,一看此情景,连忙替他出了钱,并且训斥了小贩几句。

邹晓军他爸这才跟那个老干部一起往回走,路上他情绪一直很激动,声音也很大,反复说他凭什么不相信我?!组织上都相信我!走到干休所门口时,他爸突然一句话噎在嘴里,就倒地昏迷不醒了。干休所连忙把他爸送到总医院去抢救。医生检查后说,是脑溢血,但不是一下子大出血那种,是一根血管破裂了,缓缓地,一点点地在往外渗血。从时间上看,就是和小贩争吵时开始的,长达五十多分钟。

就在邹晓军他爸住院后的第二天,组织上真的来人了,是两个年轻军官,他们来代表组织告诉他,他的历史问题终于查清楚了,主要是找到证人了,可以证明他的清白了。邹晓军他爸盼了几十年啊!总算盼来了,但人却昏迷不醒。你说冤不冤?

医生告诉那两位年轻军官,他爸已经很难抢救过来了,就是抢救过来也是无意识的人了。于是应家里人的要求,两个年轻军官就在病房里向邹晓军他爸宣布了组织调查结果。他们站在床头,先齐刷刷地给他行了军礼,然后打开文件念,之后上前握住他爸的手说,请老首长放心吧!家里人忽然发现,他爸的嘴唇在哆嗦,眼角有泪水滑出。看来他是听见了,明白了。

在场的所有人都哭了,医生护士,还有那两个年轻军官。邹晓军更是哭得嗷嗷叫,用头一个劲儿地撞墙……好惨啊! 后来他爸就走了,到死也没再说过一句话。

潘静兰不歇气地讲,一直讲到整个酒席都散了。

大厅里杯盘狼藉,一些麻将爱好者也转移到隔壁茶室去了。有人跑过来叫潘静兰,说三缺一,潘静兰抹抹眼泪,跟我打了个招呼就跟过去了。看来她的瘾很大,马上就转换角色了。

大厅倏忽间安静了, 可是我的心里却闹腾得厉害。在毫无思想准备的情况下,听到这样一个惨烈的人生故事,让我有些难以消受。

而且,潘静兰的讲述不但让我知道了邹晓军他爸的冤,还让我明白了潘静兰的心思,以及她和邹晓军的关系。搞了半天,我才是我们三个人中的灯泡。真相是多么不易大白啊!

我四处打望,希望能找到邹晓军。我得找到他,我得比组织更负责地弄清楚他爸的"历史问题",不然我这心不知何时才能归位。我终于发现他倒在一个角落里,趴在桌子上呼呼大睡。我走过去,很不文雅地将他用力拍醒。我说,喂,邹晓军,别在这儿睡觉了,走吧! 他抬起脸看着我,像是从另一个世界回来的表情。

我索性去拽他,拉他。我说走走,我送你回去。

他就站起来,迷迷瞪瞪地跟着我走。我忽然有一种恶作剧的心态，便领他穿过茶室，大声地喊潘静兰。潘静兰，我和邹晓军先走啦！我送他回家。潘静兰惊愕地张了张嘴，但手上正在进行的把戏让她无法离开，她只好不情愿地点头，说了声慢走。其他人也又惊又喜地看着我们。惊喜都在我预料之中。我就笑眯眯地下楼了。

我是不是受了刺激啊！突然来这么一下？

走出屋子，阳光一照，邹晓军似乎清醒了。他说，我还是自己打车吧！不麻烦你了。我说，是我有事要麻烦你。上车吧！老战友。邹晓军看看我，就上车了。

车开上路后他问我，有什么事？违章了？我笑，我说违章了现在才找你？哪有那么便宜的事。他不解，看着我。我看着路。到路口遇见了红灯，我停下来，转头看着他。

我想问你个事。你别介意啊！我这人就是好打听别人的事，职业病。邹晓军又误解了，说，是不是想了解什么案子？我说不是，是你家的事。你父亲的事。他愣了一下，说我父亲已经去世了，都七年多了。我说我知道，我听人说过。我是想知道，他以前的事。

邹晓军不说话了。

绿灯亮了，我往前开车，边开车边说：说心里话，我很难过。老人走的时候心里该有多难过啊！肯定心如刀绞。可是，到底是什么历史问题啊？折磨了他一辈子。

邹晓军看着窗外，还是不说话。

我没有催他，专心开车。

后来，他终于说了，但是很短，比我想得短很多。

　　我爸参军很早，可能十五六岁就扛枪了吧！小小年纪，打仗却很勇敢，十九岁就当了连长。当连长的时候，有一次和日本鬼子的大部队遭遇，势力悬殊，打败了。他和另外六个战士一起被俘。日本鬼子就把他们几个一起捆起来，准备送到煤矿当苦力挖煤。日本鬼子也没看出我爸是个官儿，他那个样子就像个战士，就把他们一起关进了闷罐车。上车后我爸发现闷罐车的车顶上有个小窗户，他就跟那六个战士说，我们不能给日本鬼子挖煤，不能给他们当奴隶。我们得想法逃走，哪怕是死也得试试。大家一致同意。于是就一个个通过那个天窗爬到了车顶上。可是车速很快，大家都有点儿害怕往下跳。我爸就说，我带头跳，你们跟上来。

　　我爸就第一个跳下去了。跳下去就摔昏过去了。醒来后也不知是第几天，也不知其他人的情况。我爸就开始找部队。吃尽千辛万苦，终于找到了部队。领导一见很吃惊，还以为他们都牺牲了。他就把前后情况跟组织汇报了。可是就他一个人，没法证明。也不知其他人跳下来没有，跳下来之后上哪儿去了。领导就让他先休息。第二天，领导让他去县城买药，给了他一笔钱。我爸就去了，因为县城被日本鬼子占着呢！我爸躲过很多危险把药买回来，回到部队驻地，却发现部队不在了，人去房空。正不知所措的时候，身后出现两个人。原来是组织上考验他呢！那两个人把他带回了部队。

以后，组织上又用各种方式考验了他，慢慢地信任他了，也继续用他了。但对那段历史，总是不下结论。因为总也找不到另外几个一起被俘的人。他就这样背着这个历史问题到中华人民共和国成立，授军衔时，问题又一次被提出来，又派人去查，还是不了了之；"文革"时，又被提出来，还挨了打，被关了好几个月，派人去查，还是找不到证人。有可能那几个人没跳车，被送进煤矿挖煤死了，还有可能来不及跳，被日本鬼子发现开枪打死了，还有可能跳车下来时摔死了，都有可能啊！

但是，我爸虽然不能证明自己是清白的，别人也不能证明他是不清白的，于是就这么不清不白地过了，一天一天，一月一月，一年一年，直到一生……我爸这辈子说得最多的一句话，就是怎么还没找到证人啊！还真得感谢组织，一直没有放弃查找，直到七年前，突然找到了一起跳车的另外两个人。那两个人因为在一起，能互相证明，比我爸情况好点儿。听说我爸还活着，并且在找他们，激动得不行，但身体不好，已经不能出门了。我爸要是知道他们还健在，肯定会跑去看他们的。

命啊！我爸这样一个人，可以说是我见过的最老实的人了，却一辈子在被怀疑中度过。他活了七十九岁，只有十九年没被怀疑，剩下的六十年全都在被怀疑中度过。没有比他更惨的人了。嗨嗨，你干吗？

邹晓军讲到这儿突然喊起来:这是单行道!

原来我走错路了。我看见路口一个警察在朝我打手势，要我过去,我只好老老实实地过去。我要告诉他,我不是故意的,事出有因。

正当防卫

1

小通清楚地记得，他们的货车到达成都时，天已经黑透了。因为下着雨，哥哥小普又睡着了，所以他把驾驶室两边的窗户都关得紧紧的。透过不太明亮的玻璃窗，他看见雨丝被霓虹灯照得闪闪烁烁。这个城市可是比他的家乡西宁繁华多了，即使是下雨，街上的人也不少，许多商店还开着门。

刮雨刷来回摇摆着，让小通觉得倦意浓浓。他们已经在路上连续奔波两天了。两天来日夜兼程，小通开时小普睡，小普开时小通睡。当然，小通睡的时候多一些，哥哥总是照顾他。下午他们赶到了距A市八十公里处的新民镇，本来应该好好睡上一觉，明天再进城。按照合同规定，他们只要在明天之内将货物送到A市的天龙贸易公司就行了。可是他们这辆黄河牌大卡车，早上七点以后就不能进城了。为了不耽误时间,他们只能在今夜进城了。

小通和小普是兄弟两个,西宁人。都在西宁一家国营毛纺厂当司机,给厂里开货车。本来只是小通在厂里干,去年哥哥小普从部队复员回来后,一直找不到工作,母亲就带他找了厂里。母亲是厂里干了二十多年的老工人,说起来父亲也是厂里的老工人,只是已经去世了。厂长为难地说,不是我不想要他,厂里现在的情况,实在是养不起那么多人哪!那时候他们厂已经拖欠了工人好几个月工资了。母亲说,那我退休吧!厂长不说话。这样,不到五十岁的母亲,就办理了提前退休的手续,小普进了厂。

其实厂长是很乐意要小普的,他知道小普在部队就是驾驶员,而且开的是青藏线,驾驶技术没得说。除了驾驶技术,小普在部队还当过班长,有些能力,又见过世面。他们厂这样素质的工人不多。所以这次长途送货,厂长就让他们两兄弟搭档来了,厂长知道这是件比较棘手的事,一个人不行。

小通觉得此行责任重大。临来时不光是厂长再三嘱咐,就是母亲也唠叨了半天。母亲说,厂里的工人们都眼巴巴地等着他们呢!这一车货二十多万呢!厂长告诉他们,他已经给那边的公司打过电话了,公司经理说,等货到了之后,他会连同上次的货款一起付给他们。但厂长担心地说,他恐怕不会那么痛快,两笔款一起给?悬。能给一笔就不错了。所以,厂长神情严肃地说,有一点你们记住,如果他们不把上次的款付了,这次的货就坚决不给他。我们不能再上当了,再上当我们厂就垮了。

小通把这话牢牢记在了心上。说实话,如果没有哥哥同行,他是不敢来执行这个任务的。他最怕和那些花花肠子的人打交道。以前他也为厂里送过货,但以前送货简单,送到了,对方签个字,账很快就划过来了。他需要付出的只是体力上的辛苦,而不是脑子。现在可好,还得有心计有智慧才行。幸好有哥哥,哥哥在外当过五年兵,比他有见识。为了给自己壮胆,小通临走的时候,特意带上了他那把锋利的藏刀。

眼看着地址上说的马甲巷就要到了,小通连忙叫醒小普。

小普一听说到了,立即睁开眼,拍打着自己的脸颊,振作起精神。几天来的辛苦,就看今晚了。他摇下窗户,仔细看着那些门牌号码,终于看见其中一个大门上写着马甲巷24号。大门很破,路灯下,一个白色长木排上写着天龙贸易公司的字样。木牌已经被雨水淋得湿透了,像哭了很久的样子。

他们将车开进院子,院子里的一个小楼亮着灯。小普嘱咐小通说,你在车上等着,我下去找人。跳下车他又回身嘱咐道,记着,我没拿到货款之前,不准他们卸货。

小通用力地点点头,还摸了摸别在腰上的刀。他想,他们敢,他们要是来硬的,我就把刀拿出来。

小普还没走到楼前, 就看见两个男人从楼里出来了,一高一矮。

其中那个矮个子男人满面笑容地说,你是西北毛纺厂来送货的吗? 小普说,是。请问你是天龙贸易公司的吗?男人说,是。旁边那个大个子说,他是我们王经理。小普就和王经理握手。王经理热情地说,一路上辛苦了,先到办公室坐坐,喝两口热茶吧! 小普听到这话心里一暖,立即想起了青藏线上的那些兵站。兵站里的兄弟们就这么说。他回头看看卡车,有些犹豫。王经理说,车上还有个师傅吧? 一起去一起去。小普说,那是我弟弟。王经理说,快让你弟弟下车来休息休息。你放心,货进了这个院子就安全了。小普听到这么热情的像自家人一样的话,就回转身叫上小通,一起上了楼。

兄弟俩随着王经理来到办公室。小普一打量,感觉这是个极其简陋的办公室,与他们门口挂的牌子很不相称。什么贸易公司,简直就像个小作坊。小普想,看上去这个公司还不如他们厂呢! 心里不免有些打鼓了,警惕性又提起来。

喝了两口热茶。王经理说,你们这次拉来多少牛绒毛衣?小普拿出了货单,还有新货样品的照片。王经理一看,高兴地说,好,好。我们正等着这批货呢! 这样,我让职工们马上卸货,卸了货你们好去休息。小普说,不急,王经理。咱们还是先办手续吧!王经理说,你看,这么晚了,会计都下班了。小普说,可是临来前我们厂长不是在电话里和你说好了吗?你说这次的货款和上次的货款一起付清。王经理说,是,是,两批货款一起付清,我说过这话。但不是现在。这样吧!明天。小普想想说,明天也行,那我们就先把货拉走,明天划了款再拉来卸。王经理停了一下,笑笑说,其实我的意思是,把这两批货都销掉以后再一起付款。你们厂长可能听岔了。小普一听,知道他要要赖了,马上说,如果不能两笔货款一起付,那也至少要付清前一次的,否则我们这批货就不能再给你们了。

王经理一听愣了,过了一会儿他哈哈笑道,货款我们是肯定要付的,一分也不会少,有合同在那儿管着呢!可是,我们上一批货发出去后,好多买主一直没把钱给我们,我们也是债主啊!我们也难啊!账上没有钱。这样,等这批货销售掉了,我们一起付吧!小普说,那不行。我们厂长说了,上次的货款不付清这次的货就坚决不给。不然我们厂的工人这半年都白干了。王经理说,现在我是真的拿不出钱来。小普说,你现在拿不出,我把货给了你,你下次不还是拿不出来?王经理说,不不,下次肯定能拿出来。如果下次那些买主再不给我钱,我就是把公司砸了卖了,也会付清你们货款的。我以人格担保。站在旁边的那个大个子男人也说,对对,我们王经理从来说

126

话算话。

小普越听越不对劲儿，显然这个公司是要赖账。他马上站起来说，不行。你不知道，我们厂的工人都在等着这笔钱发工资呢！我们那儿天气已经很冷了，很多家过冬的煤还没买。王经理急了，你看你这个人怎么认死理？难道你这么远来，还能把东西再拉回去不成？这样吧——王经理拉开抽屉，拿出一个信封。说，你们两个路上辛苦了，这个先给你们俩，你们这两天在成都逛逛，买些东西。不想买的话也可以马上回家，这钱够你们过一冬的。

小普用手一挡，说，不要这样。我不会同意的。

王经理的脸色有些变了。那个站在旁边的大个子男人说，王经理，下面人都等着呢！小普沉下脸说，如果没有我们的同意你们就强行卸货的话，是抢劫。

王经理哈哈一笑，说，抢劫？有合同，你这就是给我送货呢！

小普说，那你就试试看！

在王经理和小普谈话的时候，小通困得差不多要睡着了。忽然听见哥哥的声音不对，一下子惊醒过来。他马上站起来，站到哥哥身边，说，哥，咋了？小普说，他们不给钱，还想要咱们的货。小通马上说，他们敢！老子和他们拼了！

王经理马上堆起笑容说，嗨，你们何必这么死心眼儿呢! 来来,咱们再好好商量一下。他一边说,一边给旁边那个大个子男人使了个眼色,大个子男人离开了房间。王经理拿起热水瓶说,来,再喝点儿水。你们两兄弟长得还真是像呢!

小普没理他,站起来冲到窗边一看,几个影子正朝他的黄河大货车走去。他大叫了一声,小通,快,他们要抢咱们的货了!

兄弟两个立即冲下楼去。

2

这天晚上欧阳明明觉得有些心烦。

本来她是说好晚上回家吃饭的,丈夫挺高兴,电话里说,已经专门弄了几个菜。因为今天是周末。可是快到家时,她在车上接到林力的电话,林力在电话里又哭开了。虽然这样的哭她已经听了许多次了,知道不会有太大的事。可是每每听见,欧阳明明还是着急。她想肯定又是因为那个男人的事。她只好给丈夫打了个电话,说有事不能回来吃饭了。丈夫在电话里半天不说话。她知道他一定拉下了脸,但没办法,她只好假装不察觉。

她关了电话,调转车头,去林力那儿了。因为林力不仅是她的当事人,还是她的女友,她不可能不管。

正下着雨。欧阳明明最怕下雨天开车了,刚学会开车那会儿，她曾经在下雨天出过一次车祸，追了人家的尾。赔了不少钱都不说，还搭进去很多时间和心情。现在尽管她的技术已经不差了，但逢上这种天气，她还是小心翼翼的。

等赶到林力家时，欧阳明明发现林力已经止住了哭，坐在那儿发呆。也不知她是怎么止住的，大概是哭累了，需要休息。不过眼睛还是红红的。

欧阳明明说，怎么啦？他又怎么你啦？林力摇摇头，说，今天和他无关。欧阳明明说，和他无关？难道还有别人？你有事可别瞒着我。林力还是摇头，说，今天和任何人都没关系，是我自己心情不好。

欧阳明明松了口气，同时有些心烦，说你这倒是好，心烦就叫我，我可是又把老公给得罪了。林力说，对不起，真对不起，我实在是没人说，我怕今晚会过不去。欧阳明明想，没有过不去的，几百万的财产还没有到手呢！不过欧阳明明这念头一出，马上就感觉不好，不该这么去想朋友。

林力给欧阳明明倒了杯白开水，她知道她晚上只喝这个，然后又坐下来。

欧阳明明喝了水，耐下心来问，说吧，到底是因为什么？林力说，可能是因为下雨，觉得特别孤单，看见人家都急匆匆地赶回家，我却恨不能有个理由离开家，离开这个空空荡荡的房子，这种空荡简直要把我逼疯了……

我又不是什么坏女人丑女人，为什么就没人爱我疼我……林力说着说着，眼泪又要下来了。

欧阳明明连忙劝说，你不过是运气差，碰上个没良心的男人。别想那么多，把眼下这件事解决了，好好再找一个。这回我帮你把关，一定找个好男人。林力抽咽着说，上哪儿去找好男人？这世上有没有好男人？欧阳明明说，是啊！是啊！像你这样的好女人，再怎么找，也是鲜花插在牛粪上。林力扑哧一声笑出来。

欧阳明明见她笑了，松口气，说，那件事，你后来问他没有？林力说，问了，他说他还需要考虑。欧阳明明忍不住骂道，这个滑头！

欧阳明明回到家，已是十一点多。屋里黑了灯，连门厅的灯都黑着。欧阳明明知道这表明丈夫生气了。否则的话，他会亮着门厅的灯等她。

丈夫现在是越来越爱生气了。

欧阳明明叹口气，走进卧室，丈夫像是睡着的样子，躺在那里不动。欧阳明明知道他没睡着，主动找话说，今天睡这么早？丈夫不吭声，但翻了个身。欧阳明明有些心烦地说，你有什么不满你就说出来嘛！别这样闷着。

丈夫腾地一下坐起来，火山爆发般地说，我能有什么不满？就是有，你会在乎？

欧阳明明耐心地说，我也没办法，我也不想在外面。

丈夫说，你算一算，你这星期在家吃了几顿饭？一日

130

三餐,一周七天,你在家吃了几顿?连早餐加起来都不到五顿。你说我们这个家还像家吗?

欧阳明明一声不吭。她知道这样的架她永远也吵不赢。她没理。但问题的关键在于,她是为了什么不在家吃饭?是为工作!丈夫却不管这一点。她当初选择当律师时,就跟丈夫打过招呼,这是一个非常繁忙的工作,而且越是成功的律师越忙。最初几年他还比较支持,这些年是越来越不耐烦了。

扪心自问,欧阳明明不是那种挣了钱就趾高气扬的女人。而且自从她挣的钱大大超过丈夫之后,她对这个问题变得格外小心。比如买房子时,她总是说,咱们可以一次付清,或者说,依咱们的条件,可以买更好一些的。总是"咱们咱们"的。她从来不会说,这个钱我来付好了。但无论她怎么谨慎,仍是一不小心就让丈夫不高兴了。丈夫动辄就说,反正钱是你挣的,你愿意怎么样就怎么样。这让欧阳明明十分为难。

欧阳明明想,怎么女人比男人能干,就像犯了错误似的?而男人比女人能干,却可以神气活现、为所欲为?

为了避免和丈夫继续争吵,欧阳明明离开卧室,去了书房。反正她还有两个文案要写。本来无论再忙,只要晚上在家,她总是会陪丈夫看看电视,说说话,谈谈孩子。现在显然是没有这个气氛了。

窗外在下雨。雨丝从纱窗飘进来。欧阳明明连忙去关玻璃窗。打开纱窗的一瞬间,冷冷的雨丝一下吹拂到了她的脸上。真是立秋了,雨这么冷。她又想起了林力的话,下雨让她倍感孤单。欧阳明明倒是没有时间感到孤单,她想到林力。

林力的悲剧在于漂亮而又聪明。如果她只占一样,情况会好得多。十年前她认识了一个男人,一下子陷了进去。那是个有家室的男人,还是一个有产业的男人,她却义无反顾地跳下去了。她的聪明和漂亮也让那个男人对她穷追不舍。她进了男人的公司,帮他打点生意,他们的合作简直就是珠联璧合,公司的生意越来越火。那个时候林力觉得生活对她是厚爱的,她有爱情,有事业,还有钱。

可是。

欧阳明明觉得“可是”这个词,是个从正面走向反面的词,一出现就没好事。

可是林力的美满生活却在一年前濒临死亡。去年他们的事终于被男人的妻子知道了——也许她早就知道。十年的时间,林力一直在公司里,她不可能不察觉。尽管她是个家庭妇女。她得知丈夫有个得力助手,这个助手不仅能干还非常漂亮,不仅漂亮还非常多情。不管她是何时知道的吧! 反正去年她以此发难,要男人做出选择:要么和林力分手,要么和她离婚。而那个时候,他们公司的资产已上了三千万。男人知道一旦分手,有一千多万就该归他的老婆,不管他对老婆的感情如何,这都是打死他他也不愿意的事。

于是他选择了和林力分手。

其实选择分手还有一个原因,这是欧阳明明分析出来的,就是来自孩子的压力。在林力进入男人公司帮他的时候,他的三个孩子分别是七岁、九岁、十一岁,而现在他们都分别多了一个十。也就是说,在林力一心一意帮男人打点公司的时候,男人的结发妻子在家中将他的三个孩子养大了,使他们这个家庭多了三个成年人。这三个成年人都不可能欢迎林力的存在——不管林力为这个家庭做出了怎样的贡献。

这对林力的打击是巨大的。尽管男人说他对林力还是很有感情的,所谓分手,就是让林力离开公司,并不等于感情上的分离。但聪明的林力已经感觉出男人对她的厌倦,对她的不在乎,他们的关系早已不是十年前了。一旦她离开了公司,对他事业上不再有帮助,他根本不会再理她。林力知道在这种时候,靠所谓的爱情是根本无法挽回了。而轻信男人的她,从来没想过会有这一天,毫无防备。感情上没有防备,经济上就更没有了,作为一个对公司举足轻重的人,她竟一直没有在公司里占有股份,只是拿高薪而已。也就是说,她一直是男人的高级打工仔,男人随时可以炒她的鱿鱼。

林力在彻夜地流泪之后,彻夜地悔恨之后,答应了分手。但提出的条件是,给她五百万。她想只要有了这笔钱,她就可以另起炉灶,重新干起来。没有了爱情,她得有事业。否则她会垮掉。

男人哪里肯?男人说老婆那里通不过。他还价说最多一百万。林力不肯。且不说林力对公司的贡献,要五百万一点儿不过分——那不过是公司财产的六分之一,单就是为了心理平衡,林力也得要五百万。男人不让步,林力只好打出一张牌,她说如果他不答应,她不会把她手头保管的那些公司账目退还给他。林力是公司的总会计师。那些账目的重要,只有他们俩明白。

这下男人急了,答应考虑。

欧阳明明就是在这个时候介入此事的。林力来咨询她,征求她的意见。她当然是支持林力的,她太知道林力对这个男人付出的是什么了,林力从三十岁帮他,帮到四十岁,这期间男人还花过心,林力却一心一意,没有过任何别的念头。到头来竟是如此。所以就是林力能咽下这口气,她都咽不下。她帮她出了不少点子,这些点子让男人越来越为难了。

但男人仍在拖延。而且由于撕破了脸皮,他们之间的关系已经很僵了,说话时再也找不到从前的一点温情,有时连起码的客气都没有了。这让林力很受不了。她老是回想从前的事,老是觉得这个男人不是她爱过的那个男人,老是觉得她不该遭受这样的命运。

她这样痛苦,欧阳明明就轻松不了。欧阳明明一想到她的事,就觉得想叹气。相比之下,自己有个稳定的婚姻,虽然缺少激情,但总还是能免受许多罪呢!

这时电话响了。欧阳明明赶紧接,怕吵了丈夫。

是林力。

林力说,刚才他来电话了,约我下周一谈。

3

天亮时小通醒过来。

他是被噩梦惊醒的,梦里他看见哥哥满脸是血,他扶着哥哥跑,后面的人拿着亮晃晃的刀紧追不舍,他想跑快些,却怎么也用不上劲儿……哥哥要回去看他们的卡车,他们刚走到卡车那儿,车上忽地跳下几个拿棍棒的人,一下子就把他吓醒了……

他的心咚咚直跳,额上还有冷汗。他想抬起手来擦,才发现自己的手已经被铐住了。他被抓了!他成了犯人!小通感到无比恐惧,前所未有的恐惧。一切都发生得太突然了,像一场噩梦……

可不是梦,是真的。现在他真真切切地被铐在派出所里。

恍恍惚惚,他回想起昨晚的情形来。当时他和哥哥正在办公室和那个该死的王经理交涉呢!一帮人就在楼下抢起他们的货来。哥哥从窗口看见了,一边跑一边大声喊:不许动我们的东西! 谁也不许动我们的东西!

没人理他。几个人在那个大个子男人的带领下,正在车后解卡车的帆布篷。然后那个大个子男人就爬了上去。小普冲上去拽他,却被那个男人用脚一踹,踹倒在地上。小通跑上去扶,小普大叫道,快! 快拦住他们!

小通就不顾一切地冲上去,将那些想爬上车卸货的家伙一个个地拽下来。可是他们人多,小通拽了这个,那个又上去了。帆布篷被打开,一包包的货扔了下来……小通又冲上去,但马上被两个家伙拽到一边,一阵的拳打脚踢……

这边小普也急了,爬起来再次冲上去,爬上卡车,扭住那个大个子男人,两人厮打成一团,一起摔下卡车。小普的脚摔伤了,站不起来,他就死死拖住那个大个子的腿不放。大个子被拽得动弹不得,回转身骂骂咧咧地将小普提溜起来,另一个家伙趁机抬起小普的脚,两人恶狠狠地要把小普往地上摔……正跟别人打成一团的小通,忽然听见哥哥大叫一声,回头一看,顿时急了眼,从腰里拔出藏刀就冲了上去,他发疯似的对准大个子的后背猛刺,大个子晃了两晃,回过头来揪住了他的衣领,他又刺了一刀,大个子终于倒在了地上……

小通拔出刀气咻咻地大喊道,谁再动? 谁再动我就杀了谁!

几个卸货的人立即被吓住了,傻站在那儿。

王经理一看连忙大叫,打死人了,快报警!

小通把哥哥从地上扶起来,说,哥,咱们赶快走。

小普却摇摇头说,咱们不能走了。

…………

前后不到十分钟的时间,小通还没完全弄明白是怎么回事,惨祸就发生了。

不知道哥哥怎么样了,昨晚他被警察带走时,哥哥还坐在地上,站不起来,哥哥只是大声叫,小通,别怕,哥哥会救你的。那个大个子趴在那儿一动不动,地上全是血,不知是死是活。小通没想到自己会杀人,无论如何没想到,他只是急眼了,大脑里一片空白。这下怎么办?不但没拿到货款,还闯下这么大的祸。

昨晚他被带回来时,王经理和另外两个天龙公司的人也一起跟过来了,他们跟警察说了一大通,意思就是说他们兄弟两个先动手,还杀死了人。他们把那把刀交给了警察。小通急得大叫。一个警察很不客气地朝他吼道,你叫什么叫?还没轮到你说话呢!那刀是不是你捅的?他说是。警察说,那不就得了!你叫什么?难道我抓你还抓错了?小通说,我又不是平白无故地捅他,是他打我哥,往死里打!还抢我们的东西!警察说,抢东西?你不就是来送货的吗?经济上的纠纷让你们老板来解决,你打架干什么?居然还带凶器!一点儿法律观念都没有。

你这种亡命徒就只能由我来解决了。你以为我想解决你吗？我巴不得天下太平。

小通不再说话。他知道那个警察不高兴，他听见在车上时他和另一个警察说，真倒霉，一上班就遇见个命案。好在另一个年纪大点儿的警察态度要温和些，他叫小通不要急，先在一边儿蹲着，一会儿会轮到他说话的。

好不容易轮到他说话了。

警察先问他的名字年龄住址等等，小通很急，反复跟警察强调，事情的起因就是对方不经他们同意就强行卸货，是对方先动手，他们只好动手。可是那个警察盯着他不做记录，两个警察还互相看看。大概是他的西北口音他们听不懂？后来那个年纪大点儿的警察说，你别这么大声吵吵，说慢点儿。小通就重新开始说，尽量说慢，可说着说着又急了，又大喊大叫起来，他实在是觉得冤枉。年轻警察不耐烦了，打断他说，行了你别嚷嚷了，这样，我问一句你答一句。

警察问，你们是不是给天龙公司送货的？

小通说，是。

警察又问，天龙公司的人要卸货你们不让卸，是不是？

小通说，是。因为我们厂长说……

警察说，我没问的你不要说。

警察再问，死者和你哥哥打起来了，你就去帮你哥，拿刀捅他,是不是?

小通一听"死者"这个词,明白那家伙真的死了,他一下又急了,又开始讲事情的经过。

警察大吼一声:不许嚷嚷,你就回答说是、不是。我再问一遍,那一刀是不是你捅到死者背上的?小通只好说,是。但是说完"是"小通又开始解释,自己为什么要拿刀捅他,小通觉得这个警察偏心,最重要的事都没弄明白,小通并不想打人,更不想杀死人,小通先被他们打得鼻青脸肿的,难道警察看不见吗?可是,警察似乎并不想弄明白,小通很生气,脸涨得通红,终于忍不住破口大骂起来,用家乡西北最脏最粗的话,骂那个警察不长眼。

那个年轻警察冲上来对小通一阵大吼,说你小子杀了人还这么猖狂!你给我放老实点儿,你这种人我见多了!

年轻警察一边吼一边把小通拖到墙角,铐在长椅的腿儿上。小通急了,大喊大叫,并用头朝墙上撞,一边撞一边继续破口大骂。这回小通骂的是那个王经理,可是警察听不懂,还以为小通在骂警察。年纪大点儿的那个警察也不耐烦了,走过来和年轻警察一起收拾他,吼道,你发什么神经?你要是再不老实,我们就给你铐到厕所里去!赶快把该回答的问题都回答了,坦白从宽,抗拒从严。

小通被警察的威严震慑住了,终于软下来,说,我哥

139

呢？我要见我哥！警察说，你哥已经送到医院去了，脚摔断了。小通一听，愣了一会儿，突然呜呜哇哇地哭了起来。

小通想，这是什么事儿啊！累了那么多天，好不容易把货送到，还来不及睡个好觉，就突然成了乱糟糟的一团。东西被抢了，哥哥受了伤，自己竟还欠了命债！简直就是一场噩梦。疲劳、伤心、绝望，种种不良的情绪搅和在一起，让小通的脑子成了一团乱麻。他想，现在只能等哥哥了，也许哥哥会告诉厂里，厂长会来救他们。他们是为了厂里的财产啊！

后来，那两个警察终于问完走了，把门锁上，走了。他坐在地上，地上又潮又凉，因为太疲倦了，他渐渐迷糊起来，终于睡着了。

其实这天夜里，哥哥小普就在外面。一个警察把他送到医院，简单包扎了一下之后，就带到派出所了。做完笔录，警察说他可以走了，但他不肯走，要见小通。警察说那是不可能的，他不是一般的案子，是命案。要等第二天正式收审了再说。

小普就在派出所的大门边上靠了一晚上。

天亮时，那个送他去医院的警察见他还没走，就好心过来对他说，如果你们确实有冤情，就赶紧去找律师，我们这里不能解决问题。我们只会把案子移交到检察院。他知道小普是才从部队上退伍回来的。他也是。所以有些同情他。

小普说，无论如何，你让我先见一下弟弟，他没经过事，又是个犟脾气，我怕他沉不住气，在里面闹事。那个警察想了想，同意了。

小普看见小通时，简直不能相信自己的眼睛。一夜之间，弟弟成了这副模样，额头上一块青紫，眼睛红肿，手上戴着手铐。关键是他的眼神，完全傻了一样。小普拖着伤脚一瘸一拐地走过去，小通一看见哥哥这样子，什么话也没说，眼泪就流了下来。小普反复安慰他说，小通你别急，哥一定救你出去。你千万别急。

好一会儿小通才开口说，你给厂长打电话没有？快让厂长来救咱们。

小普说，我还没打，事情还没有眉目呢！我怕说了妈会急。

小通说，可是你不叫厂里来人，咱们在这儿人生地不熟的，怎么办哪！

小普说，再怎么人生地不熟，它也是有法的。我就不信这法还认生。

小通说，那个警察说了，说一千道一万，是我把人杀死的，我就得坐牢。

小普说，不。谁叫他们先动手抢东西？谁叫他们先动手打人。我们是正当防卫，这个我懂。小通，你现在要做的，就是在里面好好待着，千万别闹事儿。警察问什么你

141

就老老实实地说什么,别闹,千万别闹,你越闹,吃的苦头就越多,明白吗?

小通点点头。他相信哥哥,他也只能指望哥哥了。

小普见了小通,心里踏实一些,就一瘸一拐地走了。他想,他要做的第一件事,是去看看他们的货还在不在。第二件事,是去找律师。那个警察说得对,必须找律师。他不相信在异地他乡,就不能依靠法律了。

可是上哪儿去找呢?

4

欧阳明明见到李小普,已经是两个月后了。

李小通在法院一审时,以故意杀人罪被判有期徒刑十五年。那个法院指派来的律师说如果不是他强调了他们当时的特殊情况,还会判得更重。

但李小普不服,坚决不服。

李小普在 A 市有个战友,叫张荣。张荣告诉他,A 市有个女律师,特别仗义执言,如果能找到她,这个案子的改判就有希望了。李小普就托张荣打听,但一直没有消息。眼看二审就要开庭了,他有些急了,决定不顾一切。

说来也真是有缘,那天欧阳明明本来没计划去法院的。早上出门时还在犹豫,是先到陈县去取证呢?还是先到检察院去看材料?还是先去律师事务所?照说当务之急是去法院,上次那个火灾案子,她需要和张法官交换一下意见。可是今天星期一,是法院最忙的时候,怕是去了也找不见人。她想了想,决定打个电话。还好,找到了张法官。张法官恰好有空,约她十一点去。这样她就决定,先去事务所,然后去法院。和法官谈完了,中午再和林力一起吃饭,商量她的事。下午赶到陈县,去取那个砖厂经济纠纷案的证人材料。

十一点欧阳明明到法院后,院内的车位已经停满了,她只好把车停在门外,然后下车往里走。走到法院门口时,她看见一个年轻人站在门边,手里举着一张纸,大概是起诉书之类。门口的保安正在赶他:别待这儿,别待在这儿。

照说这样的情形她以前也见到过,一些不知该怎样打官司的人,常以这样的方式到法院来申诉。她的事情太多了,顾不上再关注别的事,就径直往里走。可是,就在快要与年轻人擦身而过时,她突然停住了,因为她注意到了他身上的军衣。就这样,她认识了李小普。

欧阳明明承认,在这种种偶然的因素中,最重要的是那件军装。由于当过几年兵,她对军装有一种特殊的感情。她一眼看见了那个穿着军装的小伙子,而且从他的姿势看(他的腰板笔直)他一定是个当兵的。这个当兵的,他会有什么冤屈呢? 她就在他跟前停下来,看了一下他手上拿的上诉状。看完后她说,小伙子,我是个律师。

如果你愿意等我的话,我一会儿出来和你谈。

说完她给他留了一张名片。小伙子一看名片,大叫起来,您就是欧阳律师?我就是想找您呀!我一直在找您呀!

欧阳明明听了原委,有些感动。以至于她和张法官交换意见时,心里都在惦记着这个小伙子。半小时后她从法院出来,小伙子却不在了。他会去哪儿了呢?是不是真被那个保安赶走了?

她走到路边自己的车旁,正开车门时,小伙子走过来了。他叫了一声,欧阳律师。欧阳明明说,你没走?小伙子说,我太高兴了,就奖励自己吃了一碗面。

小伙子的西北口音很重,但欧阳明明能听懂,她当兵时,战友里也有西北的。她说,走吧,你要是相信我的话,咱们就车上谈。小伙子说,我只能相信你了。欧阳明明笑道,你相信我是对的,我也当过兵。小伙子忍不住又叫起来,说,太好了!

两人上了车。欧阳明明知道了他的名字,李小普,还有他的弟弟李小通,也知道了他们的案子是怎么回事。李小普越讲越激动,越讲越生气,讲到弟弟被抓,自己被打伤;讲到报告厂里,厂长给他寄了五千块钱,没派任何人来;讲到一审下来,小通以故意杀人罪被判有期徒刑十五年;讲到他在 A 市这几个月,如果没有战友张荣的帮助,他早就流落街头了……

欧阳明明听得出,他是强忍着才没掉下泪来。

李小普愤恨地说,明明是他们不对,反倒成我们犯法了?就算我弟弟错手杀了人,也是他们造成的,我们属于正当防卫。欧阳明明说,你还是有些法律知识嘛!小普说,在部队上学过。欧阳明明安慰他说,你别急,会有办法的。小普说,可是马上就要二审了,欧阳律师,你能为我弟弟辩护吗?

欧阳明明抱歉地说,我最近手头的案子实在太多了,忙不过来。但我可以给你介绍一个好律师,我们事务所的,行吗?小普不说话。看得出他很失望。欧阳明明说,这样吧,我现在马上要去见一个当事人,你也先去吃午饭。今天下午……噢,下午不行。明天早上你到我的事务所来找我,名片上有地址。咱们再谈,行不行?小普还是不说话,欧阳明明说,你要相信我,我会对你负责的。小普终于点了点头。

这时已经到了欧阳明明和林力约好的兴隆大酒店门口了。李小普下了车。欧阳明明心里有些歉意。可是没办法,她总不能把他带去见林力。

李小普满怀期待地说,欧阳律师,我等你的电话。

酒店里,林力已经等了好一会儿了。一见到她就说,我的大律师,你可真忙啊!

欧阳明明一边脱去外套,一边说,别提了,简直是乱麻一团。林力说,你呀!永远都是乱麻一团,也没见你理清楚过。欧阳明明说,可不是,要理清,恐怕得等到退休。

两个人简单点了几个菜。林力大致跟欧阳明明说了一下她那边的情况,最近那个男人从一百万让步到二百万。欧阳明明说,你怎么想?林力说,我当然不干,我怎么才值二百万?我这十年奉献给他的不仅仅是才智,还有一个女人最宝贵的青春岁月啊!他三千万的财产,居然连十分之一都舍不得给我。

欧阳明明点点头,说,对,不能妥协。问题是,这样拖下去,你的宝贵岁月还是被浪费了。林力说,那你说怎么办?欧阳明明说,要不你也做些让步?四百万?把这事了结了,你还可以早些开始新生活。林力说,你让我想想。

欧阳明明突然想到了李小普,一个为了二十万块钱的货款惹上了牢狱之灾,一个却嫌三百万太少而不依不饶。林力见她似乎有些走神,就问,你怎么了?今天有什么新情况吗?欧阳明明说,可不是,今天我遇见一个奇事。

欧阳就跟林力说了她在法院门口碰到李小普的事,还有李小普跟她说的他们兄弟的遭遇。林力听了也很感慨,说看来有冤的人很多啊!

欧阳明明说,人家可是比你难多了,人生地不熟的,一点儿依靠没有,而且,我看那个小伙子的样子,恐怕经济上也很困难。吃碗面都是件大事。林力说,那你就帮帮人家呀!你向来就是个仗义执言的女人。欧阳明明说是,我肯定要帮他的。

她想了想,就拿出电话,给李小普联系律师,没想到连着找了几个,对方都说最近手头特别忙,弄得欧阳明明一顿饭也没好好吃上几口。

欧阳明明把电话一关,一下狠心说,算了,我自己来办。

林力说,我支持你。

欧阳明明说,你,一句空话。

林力说,不,这次不是一句空话,如果那个小伙子出不起你的价,我替他出。

欧阳明明笑道,这还差不多,还算有点儿良心。

第二天一大早,欧阳明明就到了律师事务所,她估计李小普一上班就会打电话来的。走上楼,事务所的值班秘书一见她就说,有个人在接待室等她,她想,谁那么早啊?去接待室一看,正是李小普。李小普不好意思地笑道,我心急,就上这儿来等你了。

欧阳明明把他叫进办公室,告诉他,她已经决定,亲自代理他的案子。

李小普听了,竟然一下红了眼圈,说,这下我弟弟有救了。

弄得欧阳明明心里怪不好受的。她很快拿出公事公办的口气说,咱们现在就进入,你先说说详细情况,然后我去见你弟弟,接下来去调案卷看。时间不多了。

李小普拖着一条伤腿和欧阳明明跑来跑去,这提醒了欧阳明明,她问他有没有去医院做过检查,开过伤情诊断证明吗?李小普说,去过医院,但只是简单地处理了一下,没有开什么诊断书。欧阳明明问,你弟弟呢?当时被打的情况有没有做过鉴定?李小普说,他也被打得够呛,但因为直接就进去了,连医院都没去,哪可能做什么伤情诊断?现在大概好得差不多了,最多脸上还有一点儿疤痕。

欧阳明明就把李小普带到医院去看了一下脚。医生摇头说,李小普的整个右脚因为没有及时治疗,已经坏死,目前只能截肢。而且就是截肢也得抓紧,否则坏死的状况还会不断朝上延伸,殃及整个大腿。

欧阳明明听了一惊,叫李小普不要再陪她了,马上住院治疗。

李小普不肯,说弟弟的案子没有结果之前,他不去治疗。欧阳明明发火说,你才二十来岁,想一辈子残疾吗?案子尽管交给我。

李小普这才说,他没钱住院,厂长寄的五千块他节省了又节省,还剩三千,得留着打官司用。欧阳明明说,这么大的事,这么点儿钱怎么行?你得让厂里再汇钱来。李小普说,厂里根本拿不出钱了,那五千块都是厂长自己垫的。再说这次他们不但没拿到货款,还给厂里惹了这么大的官司,他也不愿再开口。

欧阳明明说,你真是糊涂,现在不是你要面子的时候。李小普仍然犟着不肯向厂里开口。欧阳明明说,这样,我的律师费用你先不用考虑,以后再说。眼下最要紧的是治病。

欧阳明明强行把李小普留在了医院,自己继续去跑。她越来越坚定了要为李小普兄弟讨个公道的决心。如果再判他们有罪的话,这兄弟俩真是冤枉死了。

欧阳明明见了李小通,看了现场,看了卷宗,心里已基本有谱了,这应当是一桩比较明显的正当防卫案,充其量是防卫过当。尽管法学界眼下对正当防卫的界定有些争议,但他们这一情况是很明显的。他们是为了保卫国家财产、保卫生命安全才自卫的。在国家财产和个人生命都受到威胁的情况下,他们出手杀了人。判其故意杀人,显然是不妥的。

但当欧阳明明去和审理李小通案的罗法官交换意见时,罗法官却不同意她的看法,他认为李小通事先带了刀在身上,就有"故意"的倾向;第二,他刺了一刀之后又刺了第二刀。欧阳明明说,他之所以刺第二刀,是在他当时看来,他的危险没有解除。而且她在调查中了解到,那个大个子曾经是个拳击运动员,非一般人。罗法官听后似有些心动,最后说,看你能不能说服法庭吧!

欧阳明明成天忙这头,那头就拜托林力去医院看望李小普。

林力事后给欧阳明明打电话,说李小普交了三千块住院费后,每天连方便面都吃不起,她给他留了一笔钱,并且把他的手术费支付了。林力说,对我来说,这是一笔很小的钱,可对他来说,真是要他的命呢!

欧阳明明听她说话的语气,似乎心情挺好,就跟她开玩笑说,我已经知道了你心情好转的诀窍了,做善事。林力笑说,也许真是这样呢!一天到晚老是陷在自己的事里,心烦无比。看看那些比自己倒霉的,从来没过过好日子的,至少换个心理平衡吧!

5

二审开庭那天,李小普刚做完手术没几天,还没拆线呢!就拄着拐杖跑来参加了。

李小普发现欧阳律师一上庭,和在下面判若两人,那种笑眯眯的样子完全收起来了。她穿着一套深色职业装,头发向后梳理得整整齐齐,和他想象中的女律师一模一样。

天龙贸易公司来了不少人,由那个王经理带着。被告这一方,除了自己,战友张荣还带了几个朋友来助阵,另外欧阳律师的好朋友林力也来了。李小普觉得自己还算幸运,虽然碰上这么件倒霉的事,毕竟还没倒霉透顶,有战友帮忙,还遇上两个好心的大姐。另外还有那么多听众,也不知是从哪儿来的,小普希望人多一些,让大家都来为他们评评理。

开庭了,小通被警察带上来。这半年下来,小通已经瘦得脱了人形。小通一上来,眼睛惶恐地到处看,肯定是在找他。小普忍不住喊了一声,小通,我在这儿。林力马上按住他说,不要乱叫,这是法庭。

小通那种惶恐不安的样子,让小普很心疼。自己是哥哥,把他带出来,却没能照顾好他,他是为了救自己才那样做的。但愿欧阳律师能救他。

法庭按程序一样一样地来。因为是二审,先由法庭宣读一审判决,然后由被告李小通念上诉状,陈述上诉的事实和理由。上诉状是李小普自己写的,又让欧阳明明帮他修改了一下,欧阳律师说他还行,把要害问题都说清楚了。

接着进行法庭调查。

小普作为证人,站到了证人席上。欧阳律师问他的那些问题,他觉得全问在了点子上。是啊!他们怎么会平白无故地上门去打架呢?他们怎么会眼睁睁地看着别人抢他们的东西而不自卫呢?他们怎么可能打得过那一群人呢?而且其中那个死者,还是个拳击运动员。小普觉得心里痛快。连小通也慢慢地抬起了头,眼里有了光亮。

王经理作为当事人,也被传到了证人席上。小普很怕他乱说,还好,在法庭上,他还是谨慎的,说的情况基本上符合事实。但他坚持一点，被告是有意拿刀去捅死者的，死者手上并没有凶器，而且毫无思想准备，被告还捅了死者两刀。

之后双方出示证据。检察官出示的主要是那把藏刀，还有当时现场的照片等等；欧阳明明出示的，有天龙公司拖欠西北毛纺厂货款的证明，有李小普右脚致残的医院证明，有死者生前曾是拳击运动员的证明等等。

最后进行法庭辩论。检察官和欧阳明明辩论的焦点，是李小通捅的第二刀。欧阳明明认为，第二刀是和第一刀相连贯的，并不是说，死者放弃武力跑了，被告还追上去杀。而是连续性的。这个可以到实地及公安机关取证。

欧阳明明说着说着就激动起来，李小普和李小通，他们作为毛纺厂的工人，受厂长和全厂工人的委托来送货，那不仅仅是货，那是他们全厂工人的工资，他们是国营厂，应当说那些货物就是国家财产。当国家财产发生危险的时候，他们怎能不捍卫？我还想指出的是，天龙公司曾经想贿赂我的当事人，以换取那一车的货物，遭到了拒绝。这说明我的当事人对于这一车货物是非常看重的，是怀着誓死捍卫的心情来对待的。当争抢发生时，双方人数悬殊，对方的保安之一，也就是那位死者，曾是拳击运动员(我已呈上了证明)，他们两兄弟就是用尽全身力气，也处于弱势。打斗中死者将被告人的哥哥李小普推下卡车，造成李小普终生残疾（我已呈上了医院证明），但他还不放过，继续进行殴打，并仗着自己力气大，将被告的哥哥举起来往死里摔，这时候作为亲弟弟，被告怎么可能坐视不管？

法庭下面居然响起了掌声。

欧阳明明继续说道：至于说到那把藏刀，是因为天龙公司已拖欠了被告所在毛纺厂的货款，被告和他哥哥临来之前，受到工厂领导的重托，为防不测才将刀带在身上的，并不是有意滋事。现在看来，如果被告当时没带刀的话，死去的就是被告的哥哥李小普了。我想说的是，当国家财产和亲人生命安全都受到威胁的时候，被告只能不顾一切地冲上去，为保卫国家财产、保卫自己的亲兄弟而大打出手，这有什么错！

法庭内又一次响起掌声。

几位法官轻声交换了一下意见，最后宣布说，法庭将暂时休庭，对本次审理中的一些新的意见和证据，进行现场调查和证据核实，再交由审判委员会裁决。

李小通又被带了下去，但和先前已大不同了，他看到了希望。李小普跑上去对他说，小通，耐心等待，我们一定会赢的。

从审判法庭出来，李小普握着欧阳明明的手说，欧阳律师，你说得太好了！不管将来判得如何，我都先谢谢你了，因为你替我们在法庭上说出了心里话！欧阳明明对李小普说，我相信法官们会认真慎重地考虑我的意见的，回医院去耐心等待，一有消息我就通知你。

李小普就开始了忐忑不安的等待。

就在李小普的右脚拆线一星期后，欧阳律师跑到医院来告诉他，法庭终于接受了她的辩护理由，李小通的案子改判了，改原来的有罪为无罪，属于防卫过当。

李小普简直不能相信自己的耳朵。

开庭宣判那天，李小普坐在第一排，一字一句地听法官念二审判决书。当念到被告李小通防卫过当，判处有期徒刑两年，缓期两年执行时，李小普的眼泪一下就涌了出来，像决堤一样汹涌不止。那天当医生告诉他他的右脚没救了，要截去，他将永远失去右脚的时候，他都没掉一滴眼泪。

李小通被解除手铐，当庭释放。兄弟两个拥抱在一起，痛哭。然后他们用欧阳明明的手机，给远在西北的母亲打了个电话。小通几乎是喊着对母亲说，妈，我出来了，我可以回家。母亲在电话那头哇的一声哭出声来。

这时候距李小通被关押，已过去了五个月。

6

对欧阳明明来说，一个案子赢了并没有什么，她一年到头要代理多少案子啊！不过李小普这个案子的成功还是让她格外高兴，毕竟她帮助了一对处于弱势的兄弟。这样的案子和林力那样的案子是不一样的。它属于雪中送炭。

因为李小通的缓期执行通知书，是下达给当地公安机关的，由当地公安机关执行，所以兄弟两个准备马上赶回兰州去。他们从法院领回了卡车，车上的货物只剩一半了，好歹还没全丢，最重要的是车没丢。他们厂总共就那么三辆大卡车，是厂长的心肝。

欧阳明明一再嘱咐他们，特别是李小通，回去以后要老老实实地接受监督认真改造，不要再生事了。李小普叫她放心，他们回到厂里后一定老老实实地工作。他还说，等挣了钱，就把林力大姐为他垫的手术费还了。欧阳明明替林力表态说，不用还了。等挣了钱，你就去装个假肢，家里还得靠你呢!

他们说话的时候，李小通低着头站在一边，一直不说话，关了小半年，他似乎变得有些木呆呆的。

送走了李家两兄弟，欧阳明明长长地出了一口气。她想先回家一趟。这些日子她简直把家当成客店了，丈夫生气她都看不见——没时间看。她想早些回去，收拾收拾屋子，然后做几个菜，缓和一下。为了不受干扰，她把手机先关了。

没想到在家门口碰见了林力。林力笑眯眯地说，你以为你关了手机我就找不到你了? 欧阳明明无奈地说，我那不是挡你的,你是挡不住的魅力。

两人一起锁车进屋。林力说,这下你该管管我了吧!你知道不,我当初对李小普乐善好施也是有私心的,我是想你早点儿从他们的案子里抽出手来,管管我。欧阳明明说,我什么时候没管你?我就是抽不出手来,也用脚在管你。你差不多是全托在我这儿呢!林力就笑。她知道欧阳明明说的是实话,她们不仅仅是当事人和律师的关系,还是好朋友。

林力见她从冰箱里拿菜出来,就说,别做饭了,工作那么辛苦还要扮贤惠。走,我请你吃饭。欧阳明明说,谁稀罕吃你的饭呀!我还想抓紧时间和老公共进晚餐呢!林力说,那我连你老公一起请嘛!请他最爱吃的老妈火锅。欧阳明明想想说,那我打个电话请示一下。

欧阳明明打电话给丈夫,丈夫大概正碰上心情不错,居然答应了。

三个人就进了老妈火锅店。

坐下来,点了菜,打开火,还没等锅里的汤煮开呢!林力就开始说她的事了。

欧阳明明说,喂,林力,我倒是习惯了,你是不是还得照顾一下我们先生?

林力不好意思地对欧阳的丈夫说,老许,多多包涵,我最近被那个家伙气得有些失去风度了。老许只好说,没关系没关系,你们说。

林力还是忍住了自己没说,而是陪着欧阳他们夫妻俩聊了一会儿天,其中还聊到了李小普他们兄弟的案子。老许听了前后经过说,欧阳你这个案子办得漂亮。欧阳听了很高兴。丈夫已很久没有夸过她了。

看他们夫妻俩高兴了,林力又忍不住说到了自己,她说,对方(她现在把那个当初她爱得死去活来的人一律叫"对方")表示,他不能再让步了,二百万封顶。他说他名下有三千万的资产,但大都在运营中,能够拿出来的就只有那么多,他有三个孩子,有老婆,希望林力体谅他。欧阳明明说,你体谅吗?林力说,不,坚决不。即使他现在收回那个话,让我再回他的公司去,我也不答应了。

欧阳明明说,要不这样,你再约他出来,我参加,我们三个人一起谈一次?

老许马上反对,说使不得。他要是知道林力请了律师,一气恼,就更不让步了。

欧阳明明说,那好,你自己去谈。你把主意拿坚决,但态度要好。不要像是去赖他的钱,那本来就是你的。从股份的角度算。如果十年前,不说十年前,七年前,就是你在他公司开始任总会计师开始,你占百分之二十股份的话,也该拿六百万。再加上你认为他应该付出的精神补偿。不过我建议你把底线放在三百万上。所谓的精神补偿,他绝不可能给你的。他会坚持说这是两相情愿,不对你有什么伤害。

157

林力说,我也是这样想的。但他居然二百万就想打发我,他也太没良心了。我岂止是他的总会计师,我根本就是他的搭档。他要是有良心的话,就应当承认这一点。我占百分之五十的股份都不过分。

欧阳明明说,这样的美景你就别想了,想了都是气。你就看成是你付出的学费吧!欧阳明明本来还想说,这种事我见多了,良心?有几个男人会对自己不爱的女人谈良心?但想到自己家的男人就在旁边,遂把后面的话忍了。

林力说,我已经一让再让了,但三百万他至少应该给吧!

林力告诉欧阳明明,"对方"去深圳了,约好一周后谈。

这样,吃了那顿火锅,算是消停了几天,林力没来找欧阳明明。欧阳明明就一头扎到自己那个永不停止的旋涡里旋转起来,几乎忘了她的事。

但她忘了没用,林力的电话终于还是来了。

林力电话来的时候,欧阳明明刚把车从闹哄哄的大街上开进自家的车库,一脑子的糨糊,所以一看是林力的电话,真是一千个不想接一万个不想接。她知道很可能一接电话,她就得把车倒出车库,重新开上大街。她太累了,真想回家洗个澡,喝碗稀饭,睡上一觉。

但不能不接。她已经想起来了,今天下午是林力和

"对方"的最后一次谈判，她肯定是来告诉她谈判结果的。但愿顺利，这样她就可以照常回家了。

一接，欧阳明明的头就炸了：今晚又完了！林力哭得上气不接下气，她说她不想活了，真的不想活了。欧阳明明听出事态严重，只好说我马上来。

等欧阳明明赶到林力的住处时，林力正发疯一样地在准备安眠药。也不知道她是什么时候买下的，幸好不是瓶装，是一粒粒压在锡箔纸里的。她正在抠，已经抠了不少了，但显然还不够致死。

欧阳明明很火，一巴掌就把药打到地上。林力就一边哭一边蹲下去捡。欧阳明明说，你实在想死，我也不拦你。可是你死也得死个明白吧？

林力这才哭泣着，把下午的情况说了个大概。

下午谈判时，对方不但不让步，且进了一步，说最近生意很不景气，他最多只能给她一百万了。她要就要，不要的话，从今天以后，他们之间再没有关系了。她如果再到公司来找他，他就告她骚扰罪。至于她手上的那些所谓证据，他不在乎，她想交给谁就交给谁，谁想来他的公司查账他都欢迎。

欧阳明明一听，就知道对方肯定是利用这段时间做好了一切手脚。她们还是太幼稚简单了，居然以为靠那些账本能拿住他。欧阳觉得这事自己有责任，不应当拖那么久，这样的拖延只会对对方有好处。

159

欧阳明明问,那你怎么说?

林力说,我说什么?我气得话都讲不出来了,浑身发抖。我就后悔没让你和我一起去。欧阳姐,你说我怎么会跟这样的无赖一起生活那么多年?我真是太蠢了!我简直就是瞎了眼!我恨不能杀了他,然后自杀。

欧阳明明连忙问,你没干蠢事吧?

林力说,我干了。

欧阳明明焦急地说,你干什么了?

林力说,我冲上去扇了他一耳光。

你怎么那么冲动呢?你当时该给我打个电话嘛!

林力说,我气糊涂了,扇了也不解气。

欧阳明明说,后来呢?

林力说,我不知道了。我冲出那个大楼,跑到街上,在街上乱转。后来有个警察看我不对劲儿,把我喊到一边问我是干吗的,我说我要回家,他就叫了个出租车,把我送回来了。

欧阳明明说,他呢?有没有打电话来?

林力摇摇头,泪如雨下,说,我现在就是死了,他也不会眨一下眼睛的。

欧阳明明心如刀绞,所谓的生死爱情,怎么能变质到这一步?太可怕了!她倒了一大杯水,强迫林力喝下去,让她在床上平躺着,慢慢平静下来。

欧阳明明在床边坐下,握着她的手说,林力你听我说,我知道你很委屈,或者说很冤屈。但有时候,一个人的委屈和冤屈是无法伸张的,无法讨到公道的。这是我作为一个律师,不得不经常面对的现实。所以,就目前的情况看,只有你妥协了。

林力说,怎么妥协?

欧阳明明说,要下那一百万,从此与他不再往来,开始新生活。

林力不说话。

欧阳明明说,在你看来,一百万实在是太少了。但在很多中国人看来,这还是一个很大的数目。靠这一百万,再加上你的聪明才智,还有年轻漂亮,你的后半辈子是能够找到幸福的。真的,听我的劝吧!别再和他僵持下去了。就他目前的做法来看,他已经是撕去一切面具了。你不能再对他抱有幻想了。爱一旦变成恨,是很可怕的。

林力仍不说话,泪水顺着脸颊流下来,将枕头濡湿了一大片。

7

等李小通把车开回家,看见他们厂的房子时,人已经没有一丁点儿力气了。因为哥哥的脚没了,不能和他换着开,这一路上都是他开的。为了赶路,也为了省钱,他们一个晚上也没住店,全待在了车上。

兄弟俩进了门，老母亲简直不能相信自己的眼睛。一个瘦得皮包骨头面如菜色，一个生生地少了一只脚。母亲又大哭起来，说我这是造的什么孽呀！好好的两个孩子出去的，怎么就成这样了？我这是招了谁惹了谁呀？老天爷怎么就不睁开眼眷顾一下我们孤儿寡母啊！

母亲的哭声惊动了邻居们，邻居们见了也都纷纷叹息。最可怜的是李小通，竟然累得在母亲的恸哭中睡着了。母亲一边哭，一边起来为他盖上被子，然后强撑着去擀面条了。

李小普本来见了母亲，是恨不能大哭一场的。这半年多来，他受的冤屈太多了，在弟弟面前他必须强撑着，但是他太想在母亲的怀里大哭一场了。可是眼下看到母亲那么悲痛欲绝，他知道自己没有权利再哭了，只好把自己的泪水咽进肚里去。他宽慰母亲说，妈您别难过，好歹我们兄弟两个都回来了，要不是那个欧阳律师帮忙，小通他这会儿还关在牢里呢！只要人在就好办，我们兄弟两个会孝顺您的。

李小普去找厂长汇报，厂长唉声叹气的，除了反复说，让你们吃苦了，让你们受罪了。再没别的话。李小普发现，厂长竟然白了一撮头发，可见这事也让他操透了心。

李小普汇报说，货被抢走了一半。卡车作为物证被法院扣押的时候，对方不承认他们抢了货。但我肯定，是

162

他们抢的。厂长愁眉不展地说,货都是次要的,以后怎么办呢?以前的钱拿不到,眼下的又销不出去。还有,你这脚一下成了残疾,厂里也拿不出医疗费。寄去那五千,我知道是不够的。

李小普非常体谅地说,医疗费再说吧,我反正已经截了肢,手术费是一个好心的大姐给垫的,等我以后有了能力再还。

厂长仍是吞吞吐吐的,似乎还有什么为难的话没说出来。李小普就等着。他想,自己是为厂里成了残疾的,没找厂里要医疗费,没找厂里要补助,厂长还会有什么过不去的事呢?

厂长站起来给李小普杯子里倒了些水,终于说,小通这孩子,其实是个老实孩子,在厂里那么久,也没惹过什么祸。可是这次……嗨,怎么也没想到,会惹那么大的祸。要是想到了,我就不让你们俩去了。

李小普以为厂长内疚,就说,反正我们不去,别人去了也难免发生这样的事。谁碰上了谁倒霉呗!

厂长说,可是现在,他是一个被判了刑的人,虽说是缓期,可怎么说,也是个……犯人,是不是?你看我们这样一个国营厂,就……就不好再留他了……

李小普的脑袋轰地一响:厂长要开除小通!

李小普怔了一会儿开口说,厂长,你别开除小通,小通他这半年来够受罪了,他被关在里面的时候,什么罪都受了，人都有点儿变傻了。要开除你就开除我，我反正残废了，留在厂里也不能干啥，是个负担，你就留下小通，开除我吧。厂长。

厂长说，我怎么能开除你呢？你是为厂里负的伤，你又没做错啥事。厂里就是养也要养着你，可是小通不一样，他……我知道他不是有意的，可是怎么说，他也是杀人犯哪！

李小普急了，说厂长，你不能说小通是杀人犯，他是正当防卫，要不法院怎么会让他回家呢？他真的不是杀人犯，你看法院的判决书，那上面都说他是在国家财产和生命安全受到威胁时，正当防卫，只是当时急了眼，防卫过当。所以才判两年，缓两年。

厂长不说话。

厂长不说话李小普就知道厂长主意已定，他再说什么都没有用了。他默默地坐了一会儿，站起来拄上拐杖，准备走。厂长也站起来扶他，厂长说，小普你原谅我。厂长说这话时，眼圈红了。他说你到财务那里，把你们兄弟两个的差旅补助领了，另外补助你五百块钱。厂里只能拿出那么多钱了。

李小普还是没有说话，他觉得自己一开口，必会哽咽。他不想那样。

李小普回到家，没有告诉小通厂长的话，他只是说，小通，厂里这个样子，怕是养活不了咱们，咱两个以后开家小面馆吧!小通虽然从放出来后,一直木呆呆的,但脑子里还是明白事。他看了小普一眼,说,是不是厂里不要我了?小普说,不是不是,是我这个样子,不想拖累厂里,你就算是帮我吧!小通说,我明白。我要是厂长,也会这么做的。谁会留一个杀人犯在厂里呢?

小普突然冲着小通大叫道:你不是杀人犯,不是!以后谁要再在我跟前提这三个字,我就揍谁!听见没有?!

小通从没见哥哥这么火过,不再说话了。

小普把他的复员费全部拿出来,加上东凑西借的钱,在厂区和宿舍区之间的路上,开了一个很小的面馆,叫兄弟面馆。兄弟两个起早贪黑,生意勉强能过得去。但小通始终闷闷不乐。从早到晚,说不上三句话。

每天工厂上班的人,总要从他们那儿过。但很少有人停下来。隔壁也是一家面馆,常常人满为患,那些人宁可站着等,也不上他们这家来。小普知道是为了什么。但他不敢生气,一生气小通就更气了,母亲就更伤心了。他假装说,可能人家是老店,口味已经摸准了。咱们只能往价钱上想办法。于是他把已经很低的价,又往下调了五角钱。

母亲和他们一起干,可总是病病歪歪。母亲的身体是突然之间弱下来的,小普知道母亲是被伤心难受折磨成这样的。他只有尽量笑呵呵地面对母亲。

但是不行,他越是想好,就越是出问题。大概是太累还是怎么的,小普右脚的截肢面感染了。也难怪,从手术后他就一直没好好休息过。母亲强行叫小普关了面馆,让小通陪哥哥去医院。医生一看就说,你这得住院,不然越烂越厉害。小普坚决不肯住院,说他住怕了。小通明白哥哥其实是住不起院,他就背着哥哥回家,要哥哥躺在家里休息。

小普在家休息的那两天,小通说反正没什么客人,让母亲在家照顾哥哥,自己一个人去照应面馆就行了。母亲就依了他。那两天,兄弟面馆的生意冷到了最低点。但小通回来什么也不说,把那几张钞票往桌上一撂,就蒙头大睡。小普只能安慰他。小普说等我脚好了,咱们到城里热闹的街上重新开一个。

小普如果知道弟弟那时候脑子里在转着什么念头,他是无论如何不会让他一个人去照应面馆的。

可是他没想到。

那天天冷得很,生意很差。到了中午好不容易来了两个吃面的,吃了却不给钱,还说我们了解你的底细,你要是跟我们兄弟过不去的话,我们就有本事让公安再把你收进去。其实以前也发生过类似的事,但有小普在,小普总是把弟弟护在身后,自己上前去处理。眼下小普不在,小通一个人,那两个家伙更有些不把他当回事的样子。但小通并没有生气发怒,甚至没和他们发生一点儿争吵,而是慢吞吞地说,不给就不给吧,几碗面我还能请不起吗?

　　之后他就关了店门,拿走了面馆里所有的钱,买了张火车票径直去Ａ市了。

　　小普和母亲,是在三天以后,得到公安局的通知,才知道他去Ａ市了。那三天小普想过多种可能,就是没想到他会去Ａ市。但小普一旦知道后,却觉得不意外,他相信小通脑子里那个念头,是早就有了的,是在法院二审宣判之前就有了的,它像一粒种子,慢慢地顽强地长出芽来。没有人去掐掉它,却有人去不断催生它,现在,它终于开出恶之花来。

　　从公安同志那儿小普得知,小通到了Ａ市后,直接去了天龙公司。他在外面晃悠到下班,然后很轻易地在当初那间办公室里,找到了王经理。王经理惊愕地看着他,他走上去,一句话没说就把他给捅死了。

　　然后他熟门熟路地找到当初抓他的那个派出所,找到踢了他几脚的那个警察,说,我又给你添麻烦来了,还是命案。不过这回你不用问那么多话了,我一句话就告诉你,我已经把那个逼得我们一家走投无路的家伙杀了,是故意杀的。现在我是个杀人犯了,货真价实的杀人犯。

8

　　欧阳明明得知李小通杀人的消息,是在李小通被捕一星期后。没有人通知她。她很偶然地去法院,碰到那个罗法官。罗法官告诉了她这个可以称之为噩耗的消息,且感慨不已地说,欧阳律师,你是好心办坏事啊!如果当初按我们一审的意见判他十五年,他就不会再次杀人,他自己也不会送命。

欧阳明明听完罗法官的话,大脑像电脑死机似的,全部定住了,所有的思维终止。很长时间,她没有说出一句话。等她终于想到要说话时,发现罗法官早已不在跟前了。她就僵硬地往外走,走到停车的地方,机械地打开车门,开车。车一开,就听见路边有人在喊。她下意识地想,一定有什么不对劲儿,就停下来看。一看,原来刚才开车门时,她把自己的水杯、文件夹等东西搁在了车顶上,忘了。车一开,水杯滚到了路中间,文件夹掉进了水凼。她机械地下车去捡,刚一弯腰,眼泪就像是被倒出来似的,汹涌而出。

为什么?为什么会这样?为什么好端端的一件事,会发展出这样的结局?

欧阳明明简直无法相信,无法接受。

本来今天下午她是约好了和林力一起去见"对方"。林力已经把她的劝告听进去了,打算彻底妥协,要下那一百万。可是她现在的状态,去了只会坏事。她给林力打了个电话,嘱咐她冷静些,说自己不能陪她去了,因为发生了非常可怕的事。林力听出她的声音不对劲儿,问要不要她过来？欧阳说算了，你那边都约好了。林力说约好了可以改。欧阳还是说不必了，她的事情不宜拖，尽快解决为好。林力没再坚持。

欧阳明明费了些周折，查到了李小通的案卷。看了李小通的口供，她才知道他们兄弟二人回去这半个月经历的事情。

欧阳明明掩上卷宗，回头去想整个案子。她相信自己没做错，也确信法院的二审判决没错。但这样一个可怕的结局，让她无法原谅自己，开脱自己，宽宥自己。她的心就像刀绞一般难受。

欧阳明明麻木地回到家。就以往的经验看，她现在最需要的是宣泄。可是丈夫出差去了，林力又在麻烦中。别的朋友……似乎都不合适。自己一天天地为他人排忧解难，到头来却找不到一个可以为自己排忧解难的人。

欧阳明明想，只能睡一觉了。

她找出安定，吃了两粒，倒头就睡。刚有些迷糊，一阵刺耳的电话铃声就响起来。她不想接，用枕头一下把电话压住。但铃声仍锲而不舍地响着，一直响，一直响，断了再响……她终于拿起了听筒。

听筒里传来的竟是李小普的声音！

欧阳明明一听就忍不住叫起来：你们怎么会这样？你们怎么能这样？为什么？

李小普哽咽地说，欧阳律师，对不起，真的对不起。

小通叫我不要告诉你,他说他最对不起的就是你,他已经认定了去死,不想再拖累任何人了。

欧阳明明仍愤怒地说,他以为不告诉我就不拖累我了吗?他知不知道这对我意味着什么?意味着我纵容杀人哪!

李小普等她稍微平静一些后,说,欧阳律师,我也不想这样,小通也不想这样,可是……事情实在是……

欧阳明明说,你不用说了,我全知道了,我已经看了卷宗。

沉默了一会儿,李小普说,欧阳律师,我知道你很生气,我也知道我很过分,但是,我想来想去,还是决定说出来:我想再请你为我弟弟辩护。

欧阳明明不意外,也不生气,她叹气说,你弟弟这次就是请一个律师团,也不会有任何用了,他这回是确确实实地故意杀人,而且还是在缓刑期间。你难道不明白吗?

李小普说,我当然明白。我想请你为我弟弟辩护,不是为了救他一命,我只是想让大家知道他是怎么死的,为什么死的。

欧阳明明说,这有意义吗?

李小普说,对我弟弟来说,对我来说,对我母亲来说,都没有意义了。他终究都是死,我们终究都是失去他……但对于世人,对于后来者,甚至对于整个社会,它是有意义的。欧阳律师,你不这样认为吗?

欧阳明明好一会儿才说,你让我想想。

放下电话后欧阳明明想,其实,这对我也是有意义的。

枪击事件

1

欧阳明明律师得知模范民警郝向东开枪伤人的消息时，正在法庭上。她是正在审理的这桩损害赔偿案的被告代理人。

天气非常阴暗，雨却下不来。这个南方城市一到冬天总是出现这样阴霾的天气。审判庭里，所有的日光灯都打开了，平添一种威严冷酷的气氛。

欧阳明明当然是习惯了。她坐在被告代理人的位置上，认真听着原告代理人的陈述。她盯着那个作为代理人的小姑娘，心想，这家原告，竟然舍不得请律师，让自己办公室的两个年轻人代理。看看那小丫头，感觉是昨天才出校门的，而一旁那个小伙子也成熟不了多少。他们俩陈述时的语气完全是在背书。欧阳明明真替他们俩着急。当然，这种着急是不动肝火的，与己无关嘛。看来这场官司原告赢不了,没准儿被告真可以反起诉呢!

欧阳明明从容地喝了两口热茶,略略觉得脚有些冻。

因为心里放松,所以手机一振动欧阳明明就注意到了。因为开庭,她关掉了声音。她低头看了一眼,是律师事务所邹新打来的。邹新是她的助手,他知道她今天上午在庭上,为什么还打电话?欧阳明明没有接。这是她头一回替自行车厂打官司,得认真些。她是自行车厂的法律顾问,这场官司的输赢,直接关系到明年他们是否还与她续签法律顾问的合同。

其实案子很简单。自行车厂租用农储仓库的第二层堆放自行车,结果仓库着火了。恰好是堆放自行车的那一层,后来蔓延到了第三层。损失惨重。仓库方面认为是自行车厂违章堆放、管理混乱造成的,因此提起诉讼,要求自行车厂赔偿一百二十万。自行车厂当然不服。他们在这次火灾中也损失惨重。你的库房着火了你不赔我还要我赔你?哪有这种事情。欧阳明明在了解了案情后,也觉得他们可以反诉。因为从消防中队出具的火灾原因证明上看,火灾是由于电线老化引起的。而电线老化的责任完全在仓库方面。

原告陈述的理由主要有三点:一、货物堆放过高;二、管理混乱;三、无人值班。

欧阳明明放心了,他们没有什么新东西。小姑娘说完后,那个小伙子又进行了补充,然后拿了一盘录像带给法官,说上面有自行车厂货物堆放的实况。

手机再次振动起来。看来是有急事。欧阳明明坐不住了,反正那个录像带她已经看过,她跟身边的厂长打了个招呼,就起身走出了审判法庭。

欧阳明明站在市中级人民法院那个颇为气派的大厅里,一个电话回过去,就听到了郝向东开枪伤人的消息。

欧阳明明简直不能相信自己的耳朵:郝向东开枪杀人?他老婆情人的老婆?得到邹新肯定的答复后,欧阳明明一时说不出话来。幸好邹新补充说,人还没死,正在医院抢救。她才略略缓过口气。邹新还说,现在郝向东的老婆和几个街坊正在律师楼里等她,说要替郝向东请律师,并指名请她。

"我跟他们解释说你不接刑事案。但他们说如果你不接,他们就不走。他们愿意出高价。"邹新颇有些无奈地说。

是的,自从发生了李小通那个案子后,欧阳明明就宣布再也不接刑事案件了,那个案子可是把她搞伤心了。可是,欧阳明明盯着细雨蒙蒙的天空,下意识地打了个冷战。现在出事的是小郝,是那个非常善良的民警,而不是别的什么人。她能不管吗?

她深吸了一口气,镇静地对邹新说,你告诉他们,我这会儿回不来。我是说过一般不接刑事案,但小郝的案子……我会考虑的。你请他们先回去。

邹新很意外,说,怎么,你要改主意?

欧阳明明说,谁能保证自己一辈子不变卦? 只要是值得的事情。

邹新迟疑了一下,说,我觉得你最好先别应下来,了解一下情况再说。这个案子好像……不一般。你想想,一个警察……

欧阳明明打断他的话说,不管一不一般,小郝的律师,我应该当。我了解他。先这样吧,庭审还没完呢,我必须进去了。

2

郝向东说,我当时只觉得身上有一股力量在推动自己。我无法控制这股力量。在去的路上,我的摩托车还挂倒了一位行人,我只是刹住车回头看了一眼,见没有大碍就飞走了。我听见那个摔倒的女子在背后骂我:臭警察,你不得好死! 我当时想,是,我不得好死。反正我也不得好活。说实话,这种事在过去是完全不可想象的。我是说我做出这样的事,撞倒了人就跑,这在过去是绝不会发生在我身上的。可那天我却完全控制不住自己了,一边开车,一边觉得身上打战……

欧阳明明打断郝向东的陈述,问:你那天生病了吗?

郝向东说,我不知道。那天晚上我回到家时觉得很疲倦,两腿沉沉的,脑子像锅糊糊,真想一头就倒在床上再也不起来了。真的,死了也行。可是风娇她一个劲儿地在旁边哭,哭得我心烦……

欧阳明明说,你接着讲事情经过,等会儿说风娇。

郝向东说,好的。可能只用了十分钟,我就开到了那个经理的家。放摩托车的时候,有个母亲牵着孩子从那个单元门里走出来,那个孩子和东东一般大。我忽然就想起了东东,那天他正好发水痘,一直待在我们所长的母亲家,我想,也不知道他吃晚饭没有?我的宝贝儿子……

郝向东的泪水忽地涌出。欧阳明明递给他一张纸巾。

郝向东迅速地将泪水抹去,接着说:因为想到东东,我就在楼下站了一会儿,稍微冷静了一下。我想我得赶快回去,不能耽误太久。我想我上去吓唬吓唬那个女人,让她不要再乱骂人就走,也算是给风娇一个交代。我还想赶快回去给东东做饭。我真的没想去惹麻烦。

欧阳明明说,这个我相信。

郝向东说,没想到我一敲开门,那个女人见是我,劈头盖脸就骂起来,她说你还好意思上我们家来?你不在家管好你那个骚婆娘到这儿来干什么?我一句话也说不出来。那个男人，就是女人的丈夫，知道我是谁以后很紧张，以为我要打他……

欧阳明明问，他为什么会觉得你要打他？

郝向东犹豫了一下，含糊地说：大概他认为我什么都知道了。

欧阳明明问，事实上你知道吗？

郝向东苦笑了一下，说，欧阳律师，先不说这个问题好吗？

欧阳明明说，对不起，你接着说吧。

郝向东说：我对他们说，我不是来打人的，我只想解决问题。那个男人马上说，好的好的，我给你泡茶。很快就离开了客厅，我以为他到厨房去了。但他再也没有出现。那个女人继续站在那儿骂，手指都戳到我的脸上了。我刚说了一句"你不要无中生有"，那女人就骂得更厉害了，那些话别提有多难听了，我都不好意思复述给你听……

欧阳明明说，你必须复述。这很重要。说吧。

郝向东眼睛转向一边，说，那婆娘说，我无中生有，你回去好好看看你那个婆娘的×，那就是个公共厕所……她还说，我看你天生就是个喜欢戴绿帽子的窝囊废……我当时只觉得周身一热，血从脚底一下子涌上了头顶。我就把枪掏了出来。她那个丈夫始终不肯出面，可能是躲起来了。我用手枪对着那个女人说，你再骂，再骂我就不客气了！我本来以为她看见枪会害怕,可谁知她像疯了一样,一点儿都不怕,她说我就是要骂,有本事你就开枪！料你这种窝囊废也不敢！有本事就管好你那个婆娘的×……

我再也忍不住了……只觉得大脑一片空白,枪就响了……

欧阳明明忍不住叹了声:天! 你真的开枪了?

郝向东情绪激动地说:欧阳律师,我根本没打算开枪的,但当时我失去了控制,她骂得太过分了……我想谁听了她那些话都会发怒的。请你一定为我辩护……

欧阳明明安慰说,我会的,你别激动。我会做你律师的。

泪水从郝向东的眼中流出:我怎么会出这种事? 东东怎么办? 他姥姥怎么办?

3

回到法庭,自行车厂的厂长正在陈述他们的辩护词。欧阳明明心不在焉。刚才那个爆炸性的消息占据了她的整个大脑。小郝啊小郝,你这出了名的蔫脾气怎么突然就爆炸了呢? 怎么会闯下如此大祸?

欧阳明明用手掐了一下自己的太阳穴,尽量集中注意力,回到眼前这个案子上来。她努力地听着厂长的陈述,她注意到在管理的责任问题上,厂长陈述得不够到位。她想等一会儿再来做些补充。她在纸上简单地记了几个字。

手机又振动起来。怎么搞的? 这个邹新? 欧阳没有去看,她毕竟是在庭上。

法官宣布庭审进入第二个程序:法庭调查,双方出示证据。

尽管欧阳明明心里很急,但她知道急也没用。这样一个案子,即使是同意调解,也得花上一个上午时间。她只能希望庭审在十二点以前了结,这样她中午就可以去小郝的家了。唉! 那个讨厌的风娇,一定是她惹的祸。欧阳明明觉得,像风娇这样的女人活在世上就只有一个作用:惹是生非。

不料,出示证据时发生了问题:双方出示的租借仓库的合同不一样。仓库那个只盖了一个单位的章,自行车厂这边这个虽然盖了两个章,手续齐全,却是个复印件。

法官很不高兴地宣布休庭,请各自把最原始的合同找出来,再等候通知重新开庭。

欧阳明明却为这意外的中断感到高兴。她如释重负,和厂里几个头头迅速碰了一下头,就急步出了法院。

她打开手机,想和邹新联系。没想到刚一开机,林力的电话就打进来了。

林力一上来就说,怎么给你打电话不接?欧阳明明这才明白,后来那个电话是林力打的。她没好气地说,我在庭上呢!什么事?林力说,没什么事,请你喝茶。欧阳明明说,我可没你那个闲工夫。林力说,哟!官司输了吗?这么大的火气?

欧阳明明说,我真是忙得不可开交,你要是没事你别占着我的线了,我还得打别的电话。

林力一听她的口气,也不敢开玩笑了,说,好吧!那我晚上再和你联系。欧阳明明有些过意不去,就说,晚上回家我打给你吧!可能要晚一些。林力挂了电话。

欧阳明明这时已经走到了自己的车门前,她一边开车门一边想着林力。她知道林力还没有走出那个男人的阴影。那次谈判之后,男人虽然口头上答应了给林力一百万,但实际上一直没给。他老是推说资金周转上有困难。林力已经被他弄得一点儿脾气也没有了,生怕连这一百万都黄掉。不要说林力,就是欧阳明明也觉得这个男人太奸诈,太难对付了。可是她确实太忙,不可能在林力的身上投入更多的精力和时间。

现在又出了小郝这档事,恐怕又要让她忙一阵了。

4

王凤娇说,我没想到他会拿枪去,我只是想让他帮我出一下气,吓唬吓唬她。那个婆娘太过分了,当着那么多人骂我,说些好难听的话哟,我简直受不了。可是我并没有让向东去杀人呀……

欧阳明明打断她的话说,没人说是你让他去的,你只需跟我说一下当时的情况。

王凤娇掏出一条手绢,认认真真地擦着眼泪,左眼、右眼,然后是鼻子,擦完之后将手绢翻了个面,重新叠好,并没有装进口袋,而是在手中把玩着。

欧阳明明耐心地看着她做这一切。自从有了纸巾,已很少有人再用手绢了,这让欧阳明明觉得眼前这女人,这个郝向东的妻子,确实是个喜欢做戏的风骚女人。

王凤娇好像在回忆似的,好半天才开口:那天我下班,刚走到厂门口……

欧阳明明说,哪天?

就是出事那天,四月七号。我刚走到厂门口,那个女人就冲出来了……

哪个女人? 欧阳明明又问。

就是我们经理的老婆呗! 好像叫什么容。她一直躲在传达室等我,一见我出来就冲出来骂,因为大家都知道她是经理的老婆,也没人敢拉她。当时正是下班高峰,一下子就围了好多看热闹的人,她真不要脸,骂得特别难听,全是脏话……

欧阳明明问,什么脏话?

王凤娇红了脸,看了欧阳明明一眼,好像是怨她明知故问。但欧阳明明执着地看着她,她只好回答:她骂我偷她的男人……

她为什么这么骂?欧阳明明追问:她有根据吗?

王凤娇再次怨艾地看了欧阳明明一眼。欧阳明明说,你放心,我不会对别人说,但你必须告诉我实情,否则我无法替小郝辩护。

王凤娇说,她说我和她老公睡觉,其实我们就是一起去出了一次差,开了个订货会,她就瞎猜疑……

真的是瞎猜疑吗?欧阳明明认真地问。

王凤娇不肯回答了,反复折叠着手绢。

欧阳明明说,好吧!我明白了。你接着说。

王凤娇说:我被她骂哭了,回家后就给经理打电话,经理一听是我的声音就把电话挂了,我又拨过去,他又挂了。他居然这样对我,我从没受过这种气,我就给向东发短信,让他打电话回来,可发了几条他也不回……

欧阳明明说:你不是知道他那天有任务吗?

王凤娇说:不管他有什么任务,反正我受了气就要找他。以前我一发信息他就回的,现在他也开始对我不耐烦了。他不回电话我就更气了,气得我心口疼,饭也不想吃,就在家里哭……

欧阳明明说:你们儿子那天不是在生病吗?你怎么不去照顾他?

欧阳明明问完之后,忽然觉得自己问的问题已经超出了律师调查的范围,她也不知自己是怎么了,看到这个女人就想找她的碴子。

王凤娇嘟囔说:儿子在向东他们所长的母亲那儿,我光生气了,也忘了去看……偏偏那天向东一直到晚上快七点了才回来,回来就往床上躺,直喊累,说那些记者跟了他一天……我心里气,就一个劲儿地哭。他只好起来哄我,问我怎么了,我就跟他说了,我说那个婆娘欺负我你也不管。向东听了也挺生气的,说以后找个机会教训一下那个婆娘。我不干,我要他马上就去教训,他说他太累了,再说孩子也病了,他休息一下还得过去看孩子。可是我说你如果不马上帮我出这口气,我今天晚上就不吃饭,不睡觉。

欧阳明明又忍不住打断她说:你做饭了吗?

王凤娇大言不惭地说:没做。我们家从来都是向东做饭的。我又接着哭,我太伤心了。过了一会儿向东忽然从床上爬起来,什么话也没说,穿上衣服就往外走。我问他干什么去,他也不理我,我叫他带我一起去,他像没听见一样,出门开上摩托车就走了……我确实没想到他会开枪,我只是想让他去吓唬一下那个女人,出口气就算了嘛!没想到他居然打了那个女人一枪……不过打得好,让她以后再敢骂我,哼!活该!

欧阳明明真恨不能冲她吼一句:闭上你的臭嘴!

王凤娇还一脸天真的样子:欧阳律师,向东他什么时候能回家?家里乱糟糟的,东东老闹着要他爸爸。你说向东不会判刑吧?

欧阳明明终于忍不住皱起了眉头,没好气地说,怎么不会判?下面一句话她忍住没说出口:遇上你这种女人,等于判了刑。

5

欧阳明明驾车驶出法院时,看了一下表,十点十分。出了法院大门进入快车道后,她一手把着方向盘,一手拿手机给邹新打了个电话,问那几个人走了没有。邹新说那几个人走了,他费了半天口舌才劝走。但刚才,也就是这会儿,又来了两位找她的,说是郝向东的战友。欧阳明明连忙叫邹新留住他们,说自己已经在路上了,十分钟后就到。她要和他们谈谈。

刚挂机,一个警察就走过来挥手将她拦住。原来她光顾着说话,没注意到红灯已经亮了。欧阳明明停住车,笑容满面地对警察说,真对不起,我有点儿急事,没注意。

警察说,个个都说有急事,我就不信有那么多急事。

欧阳明明连忙拿出自己的名片:我真有急事。我是律师。你们有一位警察出了点儿麻烦,要我马上去。

184

民警非常警觉地问,是郝向东吗?

欧阳明明说,是呀! 怎么? 你们都听说了?

民警一句话没答,向她挥手道,走吧! 快走吧!

欧阳道了声谢,连忙将车开走。

看来,这个案子的确非同寻常。

以前欧阳明明和很多人一样,对警察没有好感。总觉得他们耀武扬威、吆五喝六的。但自从认识了郝向东后,她对警察的认识开始有了改变。原来警察里竟然还有小郝这样的人。

其实欧阳明明和郝向东并不是很熟,他们只是偶尔才打交道。最初的认识也是在街头。那是好几年前了,郝向东还是交通警。欧阳明明刚学会开车,有一天在外面跑了一天,汽车什么时候没油了也没发现。等车子开到最繁华的街道上时,就纹丝不动了,一下子塞住了好多车。欧阳明明心想不好,肯定要挨警察骂了。那天正好是郝向东值勤。他走过来问了情况后,一句话没说,就帮她把车推到了街边,然后和颜悦色地告诉她,前面五百米处有个汽车修理站,可以到那里先要一些油开回去。

欧阳明明非常感谢,给了他一张名片。以后从那条街过时, 欧阳明明就会放慢车速和郝向东打个招呼,两个人算是认识了。欧阳明明经常看见郝向东在帮助人,有时是给自行车打气,有时是为那些外地人指路。一副雷锋的样子。

后来晚报上评选十佳民警时，欧阳明明在上面看到了郝向东的介绍，对他有了进一步的了解。他已经连续两次当选为本市的最佳民警了。尽管当时很忙，欧阳明明还是抽出空来投了他一票，由衷地希望他当选。结果他真的当选了，选票还位居第二。

再后来从那条道上过，欧阳明明就没有看见郝向东了。问别人，说是因为家庭的原因，他调到了街道派出所。这让欧阳明明感到有些失落。

当然，作为女人，欧阳对郝向东的好感还在于他是一个非常高大英俊的男人。特别是他一身戎装值勤的时候，更显得英姿勃勃，让人看着就愉快。一般来说，外貌出众的男人和漂亮女人一样，都比较自以为是，为人傲慢，但郝向东却是个少有的厚道人。

这样的人，他怎么会……杀人？欧阳明明真觉得难以置信。她甚至希望是人们弄错了，或者是另外还有一个叫郝向东的警察。

欧阳明明察觉到自己的这种情绪后，马上在心里提醒自己：不能感情用事，不能先入为主。还是等弄清了情况再说。

6

赵所长说：小郝是我们派出所最好的民警，有时候

186

好得让我心疼。那么累,压力那么大,可我从没听他抱怨过……

欧阳明明说:你这个压力指的是什么?

赵所长说:作为一个先进民警,总是有压力的。各方面都不能比别人差,可是他家里的情况……实话实说吧,他那个老婆又娇又懒,家务事都靠他。他还有个八岁的儿子,他的岳母又是个偏瘫,平时都靠他照顾……嗨,如果小郝当初不娶这个女人就好了。

欧阳明明道:说这些都没用了,就说那天的情况吧!

赵所长:那段时间我们派出所的严打任务很重,小郝和大家一样天天忙得没时间喘气。他比别人更辛苦,别的警察再累,回到家总还能躺躺,他却不行。他的岳母一直卧病在床,孩子又出水痘,所以他回到家仍忙个不停。那天我看他太疲倦了,就安排他休息一天。可偏偏电视台又打电话来,说要拍个小郝的专题片,配合十佳民警的宣传。这事谁也没法替代他。我跟电视台说能不能推后几天,电视台说他们已经计划好了,不好再变。小郝这个人从来都是替别人着想的,我一跟他说,他就答应了,后来我把他的孩子托付给我母亲……

欧阳明明问:拍了一整天吗?

赵所长说:对。从一大早接班,一直拍到晚上交班。早上一接班就有个来报案的,头天夜里家里被盗。小郝不是个善于表演的人,他什么事情都是真干。马上就去出事地点进行现场勘察，电视台的拍几个镜头就够了，他还是照样要把事情做完才停止。所以特别累。下午我们那条街的一个工地上，又发生了一起民工打架事件，小郝又赶去处理。一直忙到七点多才停下来。电视台倒是挺满意的，可小郝累坏了。我当时让他和电视台的同志一起去吃了饭再走，他怎么也不肯。我想他可能是惦记孩子，就没留他，哪知一回去就……唉！

赵所长摸出烟点上。点烟时，他迅速抹了一下眼窝。

欧阳明明本来就沉重的心情被他抹得湿漉漉的。好一会儿，她才提出下一个问题。

欧阳明明说：出事以后，小郝是自己来投案的吗？

赵所长说：是。枪响以后，他很快清醒过来，知道自己犯事了。他先给我打了个电话，要我马上去车送那个女人到医院。我到达出事现场时，他已经到当地派出所去投案了。我赶到那个派出所，他眼睛发直，马上问我人死了没有？我告诉他没有死，只是受了伤。后来他就反复说，我对不起你，对不起大家，我给大家添麻烦了……录口供的时候，他也总是反复在那儿说，我不想杀她，我只是吓唬吓唬她……

欧阳明明说：你是说，他当时已有些神经质？

赵所长说：大概是吧！反正眼神和平时完全不同。

欧阳明明在笔记本上打了个重点符号。

188

7

"明白律师事务所"的楼上,年轻的律师邹新正坐在欧阳的办公室里,面对着两位警察。

刚才已经来过一群人了。有男有女,有干部也有家庭主妇。他们都是为郝向东来的。他们都是他的街坊。其中有一位是他的妻子,人称凤娇。凤娇在哭。邹新觉得这十分正常。但她哭的时候总是说,我怎么办哪?我怎么办哪?邻居们皱着眉,极少有去安慰她的。他们面容焦虑,七嘴八舌地讲述着事情的经过。

邹新听了半天,了解了一个大致的轮廓。他在纸上记道:郝向东,男,三十四岁。A市模范警察。四月七日晚,开枪击伤了快捷装修公司经理的妻子。该经理与其妻子王凤娇关系暧昧。

邹新知道欧阳明明今天上午有个庭审,好不容易才将一群人说服离开。他答应一定把他们的意愿告诉欧阳律师。可是不到十分钟,又来了两个找欧阳律师的人,也是为了郝向东。这引起了邹新的好奇。这个郝向东,这个民警,居然这么有人缘?当然,这一回来找欧阳律师的,是郝向东的战友。他们说,是向东本人提出的,一定要见欧阳明明律师。

邹新对两位民警说,欧阳律师这会儿正在法庭上,走不开。但她已经答应做郝向东的律师了。刚才郝向东

189

的妻子和邻居们也来过，也是这个意思。两个民警听说王凤娇来过，眼睛里冒着火。其中一个说，就是这个风骚婆娘，不然的话，小郝无论如何也不会走到这一步的。另一个说，小郝呀，他就是心肠太软了。要是我遇上这个骚婆娘……

邹新就听他们讲起这风骚婆娘的故事。

8

在脚板街，有许多关于郝向东的故事。这个老实到家的人，居然成了许多故事的主角。

郝向东是个孤儿。七岁时他母亲病故，他跟着父亲过，可一年后，以拉煤为生的父亲也在一次意外的交通事故中丧生了。起初他被伯父领养。但婶婶对他不好，他常常挨饿，就逃回到了老屋。街坊四邻都很同情他，就这家给点米，那家给点菜，让他安顿下来。以后他就帮着大家挑水，做些体力活儿。后来街道上根据他的具体情况，决定出钱抚养他，这样他又进了学校，但也只读到小学毕业。毕业时他已经十六岁了，就在街道的工厂上班，因为勤快老实厚道，所以特别有人缘。那年招民警时，街道就把他推荐去了。

小郝当了民警后，他忠厚的天性加上勤劳的品德，使他很快成了一个出了名的好民警。工作之外，他也总是帮东家忙西家的,从不知累,年年是先进。也就有不少人给他介绍对象。但这个时候,王凤娇出现了。

王凤娇也是脚板街的后代,说起来也是个苦命的孩子。她父亲是个酒鬼,整日酗酒,醉了就打她和她母亲。她母亲一直忍气吞声,不敢抱怨。这使她从小不爱待在家里,总是在街上晃,慢慢地,就变得有些放荡。后来父亲酒醉后死于一次车祸,她就更没人管了。十七岁时,她因为进入一个流氓团伙而被少管所收容,在少年管教学校待了两年。回到街道时,她母亲中风,卧床不起。

街道上几个大妈怕她再学坏,想尽快让她成个家,管住她,也好照料一下她母亲。经过权衡,她们选中了郝向东。她们认为除了在相貌上两人比较般配外,最主要的,是认为郝向东可以帮助教育她。如同曾经提倡过的一帮一、一对红那样。

郝向东原先也听人说起过这个女孩子,印象不是很好。但他一直觉得街道上的大妈就是他的家长,他欠她们的情,应当听她们的。所以他答应见面。一见面,郝向东才发现这个"坏"女孩儿长得很漂亮,当时王凤娇刚 20 岁,脸庞娇嫩得就像一朵刚刚开放的花儿,而且那双眼睛真是很勾人。郝向东心里的那点儿犹豫被她的眼神给融化了,答应了这门婚事。而王凤娇也看上了郝向东,他人高马大的样子让她觉得有依靠。

街道上的大妈觉得自己做了一件大好事,殊不知从此让郝向东背上了沉重的包袱。

　　王凤娇和郝向东结婚后,认真过了两年日子,生了一个儿子。郝向东实在是一个老实厚道的丈夫,他上照顾老,下照顾小,他的岳母经常拉着他的手,说他是自己前世修来的好女婿。但在儿子三岁以后,凤娇那种好吃懒做并且喜欢风流的本性又渐渐暴露出来。对郝向东来说,好吃懒做都罢了,他还能容忍,他本来也没打算娶老婆享福的。关键是她的风骚。常有风言风语传到郝向东耳朵里,令他苦恼。可又没有真凭实据,即使别人说得有鼻子有眼的,只要凤娇一耍赖,哭闹上两句,郝向东就没治了。

　　前些年,凤娇经人介绍,从街道工厂跳槽到一家装修公司工作。这家公司的老板很能干,把公司办得十分红火。公司里的员工收入都不错。凤娇也跟着沾光,月收入比原来一下翻了两番,超过了郝向东。这下她更觉得自己了不起了,回到家什么也不干。在公司里,她的漂亮和风骚让经理觉得大有可为,就常常带她出去应酬。日子长了,便有风言风语传来。

　　但郝向东实在是太老实了,每每忍不住说凤娇几句时,凤娇就耍赖,就抹眼泪,说郝向东冤枉她,她是如何为了这个家而奋斗。也很难说,也许她真的只是逢场作戏,并不打算毁掉这个家。郝向东最后总是不了了之。后来还是他的领导,当时的交通中队队长看出了他的心事,听他倒了苦水后,主动帮他提出申请,调到了他们家所在的街道派出所。让他好多照顾一下家,也多盯着点儿凤娇。

没想到郝向东调回街道才一年,就出了这样的事。

9

欧阳明明看完了郝向东一案的所有资料,又分别和郝向东、王凤娇、派出所所长以及街道上的大妈们一一交谈了解情况之后,心情特别沉重。她真为郝向东感到委屈。她觉得郝向东完全是被"模范"压垮的。没人想过模范也是需要关心的,模范也是有血有肉的常人。

回到家已是深夜。丈夫还没睡,在看一个枪战碟片。房间里充满了噪音和血腥。她进到自己的书房,给林力打电话。

林力马上听出她情绪不好,问她怎么了。欧阳明明就简单地讲了讲郝向东的案子。林力也感慨地说,同是男人,差异太大了。

欧阳明明问她那边的情况。林力说,对方又来电话了,说确实没有现金可付给她,如果她急于了结,他愿意用一套房子来抵。那套房子是他公司自己修建的,市场价一百三十万。

欧阳明明说,你怎么想?

林力说,那个房子我知道,地段和质量都还可以。我当然不会去住,但卖出去,卖个一百万应该问题不大。所以我想,答应算了。

欧阳明明说,了结了也好。但是办产权证的时候你一定要仔细,各个环节都不能出错。

林力说,我就是有点儿怕,怕他在这上面要什么花招。

欧阳明明想了想说,这样吧,我让邹新帮你去办。他比较在行。

林力说,那太好了。不会影响你那里的工作吧?欧阳明明说,问题不大。这下林力踏实了,她看欧阳明明也没有什么情绪说话,就挂了机。

丈夫的枪战片结束了,推开书房的门问,怎么,还不想睡?

欧阳明明说,今天的事情有些乱,我需要清理一下。你先睡吧!

丈夫迟疑了一下,说,我明天要出差,去上海。

欧阳明明有些意外,说,去上海? 去多久?

丈夫说,大概一星期吧! 一个会议,我们处长走不开,叫我去。

欧阳明明"噢"了一声,没再说什么。丈夫似乎还想说什么,终于没说,掩上门走了。

丈夫走了之后欧阳明明才感觉到,丈夫的表情好像有点儿不安。而且自己回来这么晚他也没生气，有些与往日不同。她想，刚才该问问他和谁一起去。但这个念头一闪就过去了，何必给自己添烦恼呢！夫妻间的事，还是糊涂些为好。欧阳明明马上丢开了那一闪念，又考虑起案子来。

10

欧阳明明把车停在院子里，拿着水杯和文件夹下了车。但她一直走到快捷装修公司的经理办公室门口，都还没想清楚自己来的目的。

上午她去市医院，看了一下那位被打伤的经理老婆。经理老婆似乎不但被打伤了腿，还被打坏了神经，一句话也不说，只是大睁着无神的眼睛躺在那儿。让欧阳明明意外的是，她的丈夫没在病房，照顾她的是他们公司的一位女职员。女职员在走廊上悄悄地对欧阳明明说，他们经理的老婆厉害是出了名的，别看经理挣钱不少，回到家总是灰溜溜的。真是一物降一物。所以经理老是找理由不回家。

欧阳明明从主治医生那儿了解到，经理老婆的伤势不算轻，但也不算重。因为没伤到神经和骨头，估计住上一两个月就能出院。

因为在医院没见着经理，欧阳明明只好到公司来。

虽然她没想好要跟他谈什么，但必须谈一次是明确的。

经理办公室没人，门却开着。欧阳明明在走廊上叫了两声，一个中年女人应声走了过来。欧阳明明有些不高兴地说，不是约好的嘛！怎么你们经理又不在？女人看着欧阳明明的气势，拿不准她是哪路神仙，态度很好地说，经理临时有事，马上就来。

其实并没有约好。欧阳明明上午打电话时没有说自己是律师，她怕经理回避不见，就只说自己是顾客。经理马上表示他下午不外出，在办公室等。

经理来了。他笑容满面地和欧阳明明打招呼，看不出有什么心事。难道老婆被打伤住院，出了这么件引起轰动的风流事，他就不在乎吗？

欧阳明明一边和他握手一边打量着他，心里揣度着这到底是个什么样的男人。他看上去四十多岁，还处于精力旺盛时期。大概生意做得好，又添了几许自信，令他的脸庞发出一种光亮。他的手指上戴着一个大方戒指，透着有钱人的俗气。

欧阳明明在他对面的椅子上坐下来，拿出自己的名片递给他，然后微笑着说：我是郝向东的律师。

经理愣住了，看了欧阳明明好一会儿，才低下头去看名片。好像欧阳明明的脸更能让他判断她的话是真是假。他放下名片，脸上的笑容已全部消失。他拿出烟来点上一支，没有客套地向欧阳征求意见，这让欧阳明明觉得他还不是个城府很深的人。

欧阳明明也一言不发。两人就这么坐着。后来还是经理先说话了。经理说：你想了解什么？

欧阳明明说：我想知道你的态度，你的想法。

经理说，我一直没有到检察院去说什么，应该已经表明了我的态度。

欧阳明明说：我想知道，你们之间，也就是你和王凤娇之间，究竟是什么关系？

经理说：我想我可以不回答这个问题吧！

欧阳明明说：你可以不回答，但王凤娇会回答的。希望她说的不至于冤枉你。

经理沉默了一会儿，说：既然你已经见过她了，你应该知道她是个什么样的女人。我不想说她的坏话，我只是想说，碰上这样的女人，男人们会身不由己。

欧阳明明说：这个，我想我能明白，尽管我不是男人。可有一点我始终不明白，那天晚上，当郝向东找上门时，你为什么要离开？你难道没看出他当时情绪很冲动吗？如果你在场，或者劝上两句，也许就不会发生这样的事。

经理说：我是看出来了，他很生气，情绪冲动。但我压根没想到他带了枪。我当时想，他大不了把我那个婆娘打一顿，这个我没意见，我还巴不得。可是……早知道他是带着枪，我就不让他进来了。

欧阳明明长叹一声,说:小郝怎么就偏偏遇上你们这些人呢?

经理有些不耐烦地说:不管我们是什么人,眼下郝向东是否受审判刑,已不取决于我们了,是吧?他触犯了刑律,检察院自会起诉的。

欧阳明明无话可说。

11

郝向东一案,由于事实清楚,证据确凿,检察院很快就提起诉讼,送达了法院,并进入审判阶段。

欧阳明明了解到负责郝向东案子的法官是哪一位之后,连忙赶到法院去找。

那是位姓张的中年法官。一脸严肃,让人感到他天生就是个法官。

张法官一听欧阳明明报上自己的身份,就坦率地说,不用你说,我就知道你的来意。这两天我已经把郝向东的全部材料看过一遍了。案子是明白无误的,咱们都是懂法的人,像他这样执法犯法的情况……

欧阳明明不等他把话说出来,就打断说,这一点我当然明白。可我想执法者也是人,也有七情六欲,也有烦恼和痛苦,也有被激怒和失去控制的时候。何况郝向东真的是一位好警察,你恐怕也听说过他的事,他今年是第三次被选为十佳民警了。他的同事,他的邻居,可以说所有认识他的人,没有不说他好的,他们都希望我能为他辩护。我也非常愿意替他辩护。

张法官缓和了口气问,那你准备从什么角度来辩护呢?

欧阳明明说,我初步想到两点。一是投案自首,认罪态度好。

张法官说:这恐怕起不了多大的作用。不要说他一个警察,就是一般人,也有事后马上清醒投案的。

欧阳明明说:还有很重要的一点。在调查中我了解到,郝向东那天开枪,是在受了严重刺激的情况下,理智失去控制造成的。有几个人的证词都能证明这一点。

张法官俯身问道,是吗?

欧阳明明点头道:是的。首先,由于当天的工作和电视台采访,使他极度疲乏;其次,回到家里后,岳母和儿子生病又让他忧虑不堪;然后加上老婆的哭闹,这一切已令他的神经处于恶性刺激之中。于是他一时冲动去了受害人的家。没想到那个受害人火上浇油,又用最恶毒的话攻击辱骂他,那些话我都记录下来了,不堪入耳。我认为,是这一切恶性刺激致使他失去理智了,也就是说,我认为在案情发生的时候,郝向东的部分责任能力丧失。

张法官说,你说的这一点很重要。但你也清楚,不能以你的推测你的认为作为依据,必须有精神病专家的专业鉴定。

欧阳明明说,我当然明白。我正是想提出做这个鉴定。

张法官说,按照法律程序,这一鉴定必须由被告人的亲属提出,并且支付费用。

欧阳明明说:这些我都知道,我只是希望法庭方面能给我一些时间。

张法官说:我想这是可以的。

12

仅仅十多天时间,郝向东就瘦了一圈儿。

欧阳明明陪着王凤娇一起来到拘留所看他。那个讨厌的凤娇,在走进拘留所之前,竟然还非常有心计地先将自己的金项链和戒指取下来,塞进口袋里。见到那个值班的警察,她也没忘记抛过去一个媚眼。她以为欧阳明明没看见。欧阳明明早已厌恶地扭过头去,心想,看来世上真有这种妖冶的女人,不知廉耻也不知好歹。怪不得有那么多书上把女人称之为祸水。

郝向东一走出来,欧阳明明心里就一阵难过。又黑又瘦,胡子拉碴,曾经高大的身躯就好像缩小了一样。其实她已不止一次到这里来过,不要说囚犯,就是死囚她也见过。但看到郝向东出现在这样一个地方，她真觉得黑白颠倒。

更让欧阳明明难过的是，郝向东一见她就一再地向她表示歉意，说自己给她带来了麻烦，给所有的亲人和同事带来了麻烦。他对不起大家，他丢了警察的脸……

欧阳明明强忍着，才没让自己流泪。

可是那个讨厌的风娇，上来就诉苦，说郝向东抓起来以后，自己是如何辛苦，又要照顾老的，又要照顾小的。还说由于出了这样的事，她如何抬不起头来，不敢去上班，家里现在如何困难……

郝向东一句话也不说，低着头，不看风娇，也不说话。比之事件刚发生时欧阳明明来见他那次，郝向东冷静得像另外一个人。

欧阳明明打断了风娇，和郝向东谈起了案情。

郝向东听完欧阳明明的想法，仍低头沉默着，不说话。欧阳明明问他怎么了，为何不说话？郝向东长叹了一声，依然无言。

风娇又插话了：向东啊！欧阳律师认为你精神有问题，让我提出为你做精神鉴定的申请，我觉得你精神没问题嘛！你一直都好好的嘛！你说有必要做吗？要花好多钱呢！

欧阳明明真是太生气了。来之前，她费了好多口舌，才说服风娇向法院提出为郝向东做精神鉴定的申请。她甚至表示，如果他们家真的有困难，她可以帮他们。可现在她竟然又说这样的话。她怎么就一点儿也不替郝向东想想呢！

欧阳明明强忍着愤怒，冷静地说，我并没有说小郝精神有问题，我只是想证明，在案发当天，小郝的精神受了极度刺激，以至于失去理智，也就是说，部分责任能力丧失。这是非常重要的。如果能证明这一点，法院在量刑上就会考虑。

风娇好像没听见欧阳明明说的话，转而问郝向东家里还有多少存款，她好取出来付欧阳律师的费用。

欧阳明明生气地说，我什么时候问你要钱了？

风娇阴阳怪气地说，就算是你心甘情愿为我们向东辩护，我也不能不付钱呀！

欧阳明明恨不能一脚把她踢到里面去，让郝向东出来。

这时候看守的警察走过来，说时间到了，请风娇先出去。大概他已经看出是怎么回事了。他说欧阳明明可以再留一会儿。

风娇大概也不想待了，一扭一扭地走了出去。

风娇走后，郝向东终于抬起头来，歉意地对欧阳明明说：欧阳律师，我非常感谢你，真的，谢谢你为我花这么多时间，做了那么多工作。谢谢你千方百计地替我想办法。但是，这些天我反复想过了，我不打算请你为我辩护了。

欧阳明明吃惊地瞪大了眼睛:怎么,你信不过我吗?

郝向东说,不,我怎么会信不过你呢?你是个好律师,也非常有能力。这些我早就知道了。不然我不会想方设法地找你。可是我不想给你添麻烦了。头几天我的确有些冲动,觉得自己很冤枉。可现在我冷静下来了,彻底地冷静了。这件事是我的错,是我知法犯法,执法犯法。我罪有应得,我不想请求原谅,不想找理由为自己开脱。

欧阳明明说:可你确实是有理由的呀!如果那天不让你加班,电视台不来采访,你就不会累成那样;风娇不逼你,你就不会找到经理的家;那个经理老婆不那样当面辱骂你,你就不会掏出枪来……一切的一切,都是事出有因呀!

郝向东连连摇头,说:不不,我不想把责任推到别人头上,尤其不想推到所里、推到电视台头上,他们都没有错,都是为了工作。至于其他人,我也不想用他们作为自己开枪的借口。一人做事一人当。

欧阳明明着急地说:可是许多人的证词都能够证明,你那天确实是在一种非常状态下出事的。只要我们请一些专家……

郝向东打断欧阳明明说:不,欧阳律师,我不想去做精神鉴定,虽然我知道你是为我好。我坚信我的精神没问题。我是个警察,而且是个模范警察。一个警察应当是个心智健全的人，一个遇事冷静的人。如果都像我这么冲动，群众怎么可能有安全感？

欧阳明明愣住，半晌说不出话来，眼泪终于忍不住涌出。她没有掩饰，拿出纸巾来擦掉。边擦边说：小郝，为什么像你这样的人，却没有好报？

郝向东笑了一下，说，欧阳律师，你怎么也说这样的话？你是律师呀！

欧阳明明想了想，又说，小郝，不管你怎么想，我还是要做你的辩护律师，是你的单位你的战友，你的街坊邻居聘请我的。你就是不做鉴定，我也要说服法官同意我的观点。

郝向东笑了一下，说：欧阳律师，我恳请你不要说我的精神受了刺激，我以后出来了还想当警察呢！

面对郝向东的笑容，欧阳明明说不出话来。

停了一下郝向东又说，不过，我还是要请你当律师的，但不是为这个案子。

欧阳明明又一次感到惊异，说，你还有什么麻烦事吗？

郝向东的眼里出现了一种欧阳明明从没见到过的冷漠。他说，请你帮我把婚离了。

欧阳明明愣了一下，说：马上？

郝向东说，对，马上。

欧阳明明情绪激动地说，小郝，你别太善良了。都是她害了你，你还替她着想，你是怕自己进去连累了她吗？

郝向东说，不。不是。我只是再也不想做她的丈夫了。一天也不想。

13

两个月后，法庭开庭审理郝向东故意伤人案。

欧阳明明仍然作为郝向东的辩护律师，出庭为郝向东做了辩护。但由于关于被告在事发当天，部分责任能力丧失一点，只是推论，没有医学证据，未被法庭采纳。所以最终法庭宣判，郝向东故意伤人罪名成立，且执法犯法，故判处有期徒刑八年。

被告人当庭表示接受判决，不再上诉。

听众席上，很多人无法接受这个事实，久久不愿离去。他们中间有郝向东派出所的同事，有他原来交通大队的战友，有他的街坊邻居，还有他的七十八岁高龄的岳母。老人家一定要人把她扶到法庭上来。听到宣判后，她当即伤心欲绝地倒在了邻居们的身上。

但没有王凤娇。

欧阳明明唯一感到安慰的是，在开庭之前，她终于帮郝向东办妥了离婚手续。儿子东东暂时由赵所长的母亲代为抚养，王凤娇每月支付抚养费二百元，其余不够的部分，派出所的几位民警表示由他们来承担。郝向东听到这一结果表示满意,但他接下来说了一句令众人都很难过的话。他说,东东以后不会像我这样吧?

欧阳明明眼见着郝向东被带走了。

她迅速地离开了被告律师席,走出法庭。天竟然是晴朗的,这让她感到不解。

她发动了车子,驶出审判法庭的大院。泪水很快涌出,蒙住了眼睛。她只好把车停在路边,擦干眼泪,再往前开。

猫与梦

故事发生在我所知道的一个普通院落里。按门牌号码此院可称之为 501 大院。大院里杂居着各色人等,成分复杂。但据我所知多少年来却也平平安安,没有发生过什么装神弄鬼的事。

某一天,住在这个大院西面平房南头的孙某死了,于是就有了这个故事的开头。

当然你可以说死个人算得了什么?每天都有成千上万的人在死;你还可以说每个死人都会有一个故事,你写得过来吗?但我要告诉你的这个故事不单单是关于死者的,更多的是死者死后发生在别人身上的。这不就有意思多了吗?再往下听:死者是个老姑娘!自杀!自杀前被人强奸!自杀后又有人自杀!我相信你现在已经非常想听这个故事了。

本来我无意于这样卖关子。我写了个很普通的开头。但我立即被某人告知开头太一般了,太、太一般了。

我想我是不是变得冰冷古怪了？毕竟死者孙某曾经是我的朋友，我不能这么太、太一般地对待她。

孙的死讯是中午时分在 501 大院里传开的。当时我不在。但我完全知道那会儿的情景。人们准又是聚在一起把关于老姑娘孙的所有话题重新翻出来咀嚼，诸如她的模样她的怪癖她的身世乃至她走路的姿势和她身上的气味儿。这我完全可以料到。我如果在，肯定也会加入其中。

最有发言权的是住在孙隔壁的汪。他与她相邻三年了，而且孙的死就是他最先发现的。他说他每天早上起来时孙也就起来了，他出门上班时孙也就上班了。可今天早上却出现反常。他没能和孙打个招呼，觉得很不习惯。他想她多半是生病了，虽然她很少生病。可到了中午下班回来依然不见动静，连门口的自行车都是放的老样子。他就有些疑心，于是就去敲门。他说他手指碰上去，门就吱呀一声开了。

他冲着里面叫：小孙！小孙！

无人答应。因为平房后面紧挨着一幢七层高楼，所以光线极暗。他顺手拉亮电灯，就走进去。老实说他还从未进过孙的家，一切都使他感到新鲜。他进了里屋，又拉亮电灯，于是他就看见了死在沙发上的孙和蹲在角落里的那只黑猫。（请允许我插话：你们可不要小看这黑猫，

208

它是本故事的重要角色。再说一句：我可不喜欢它。它和孙一样古怪。)黑猫就像见到老朋友似的叫了一声,向汪扑过来。

汪吓出一身冷汗。他慌忙退出,去叫他隔壁的老刘。老刘退休后一直在街道治安组工作,对此类事极富经验。他听汪一说,两眼就放出光来。放下饭碗就跟汪来到孙家。他们一同走进去,确定了孙的死亡:她的脸已成青紫色,眼睛恶魔般地大睁着。他们还发现桌上留有孙的绝笔——

"我冰清玉洁的身体,怎能忍受如此的凌辱? 我必须去向上帝忏悔了,以求得他的宽恕。"

寥寥数语,却是明白无误的——自杀。

老刘叫汪立即去打电话报警,自己则守在门口,以免破坏现场。

闻讯围拢来的人们兴奋地争相朝孙的房间里探头探脑,然后便脚生了根似的站在那儿议论开了。汪报警回来,便成了人群的中心。他一遍又一遍地讲述自己发现的经过。他发现自己越讲越长,渐渐繁衍成侦破小说了。当然只是前半部,后半部正在发生。

派出所的人赶来拍了照,取了证,就搬走了孙的遗体。经当场检验证明,孙死于服毒,而且她在临死前的确与人发生过两性关系。

人群仍没有散的意思，个个脸上都泛着黄幽幽的光。百年不遇，501大院还是头一回有人自杀呢，而且还是老姑娘，而且还是被强奸……让人没法平静。

这时有人笑问汪："你怎么想到要去敲孙的门呢？"

汪说："邻居嘛！怎么能不关心一下呢！"

有个老女人就半开玩笑地说："你要是头天晚上就去关心她，她没准儿还死不了。"

众人都笑。

我想老女人说这话是无心的，众人的笑也是无心的。但无心亦能生事。土壤肥沃之故。

汪起初还跟着干笑了两声，但笑过之后立即就不自然了，讪讪的。谁叫他是个夫妻分居的单身男人呢！他的心莫名其妙地重跳了几下。

不过还没人注意到。大家的注意力还在孙身上。每个人都在帮警方分析，会是什么人强奸了孙小姐这位三十七岁的老姑娘呢？据刚才派出所的人讲，前后窗户都是关得好好的，门却没锁上。显然是从前门走进去的。可现场除了孙本人的脚印之外，就只有汪和老刘的脚印，再无其他。

有人就分析是罪犯自己清除了脚印。还有人分析是孙的熟人。

但孙从未带任何男人回过家。据说她憎恨男人。少女时代她曾被一个男人奸污过。那时她才十三岁。这件事对她的身心造成极大的伤害,也是使她后来成为老姑娘的重要原因。

汪忽然不想再参加议论了。恍惚中他觉得有了一坨心事,因此再找不出什么话来说。不说话站在这人群中就显得特别,于是他悄悄退出来,想回自己房间去。他还没顾上吃午饭呢。

走到房间门口,他的视线突然被什么东西牵住了。顺势望去,他发现自己的一只拖鞋掉在了门前的阴沟里,鞋底朝天,一副仓皇出逃的模样。

他的心不由得紧了一下。莫名其妙,拖鞋怎么掉到这儿来了? 早上想穿就只找到一只,当时没在意。

这会儿他开始在意了。怎么回事?

汪假作不经意实际上却是十分经意地弯腰去捡那只拖鞋,捡起来直身时,也不知为什么就心虚地回头看了一眼。这一眼不要紧,恰好就对上了老刘那双在长期斗争中锻炼出来的鹰隼般的眼睛。这本来也没什么,偏偏他又结结巴巴地去解释,这解释在我看来真是此地无银……

"嘿嘿,我的鞋。肯定是那只讨厌的猫。它经常叼走我的东西。"

老刘明知故问:"那不是孙的猫吗? 它喜欢上你那儿去?"

汪紧张起来，说："是她的。门一开，它就跑来了。经常来。"

我想此时老刘和汪都把孙"她"和猫"它"混淆了。只不过一个是有心的，一个是无意的。

老刘不再问，但眼神却是十分的让人心寒。不知什么时候。他已把一个红袖套套在了胳膊上。那上面有两个赫然的黄字。

汪进得屋去，咔嗒一声，将房门关死。腿就隐隐有些发软。看来老刘是怀疑上自己了。但自己怎么可能去强奸孙呢？自己根本就不喜欢她。她那么阴郁，那么刻板，皮肤没有光泽，走起路来像电线杆子在移动……当然，并不是说一点儿好感也没有，孙毕竟是女人，何况她还关心过自己两次。记得有一次她买了一些葡萄，路过门前时就随手递给自己一串。还有一次他的背后蹭了一块白灰。正准备去上班，是孙告诉他的。虽然没有动手帮他拍掉，但也很让他感激。他还记得昨天下午上班时，看见孙洗了头披散着正在门口晒衣服，面色红润还朝他笑了笑，使他一下觉得孙还有几分姿色呢！

但自己是断不会去碰她的。自己有妻子，尽管妻子不在身边；自己一贯作风正派，尽管有时耐不住寂寞，暗自做一些不雅的事。但自己是断不会去碰她的。

我想这一刻汪的脑子已经乱了，黏黏糊糊的像一锅

212

煮过火的面条。尽管他竭力想挑出一两根清晰的，却是徒劳。

在徒劳的当口他也就真的煮了一锅面，面也就真跟他此时的脑子一样糊涂。心不在焉他就开始去拿佐料，刚拿出酱油，视线就又一次被牵住。顺势抬头，碗柜上让他大吃一惊地搭着一只肉色长筒袜，长筒袜一半睡在灰尘上一半悬在空中轻佻地摇曳。天哪，这是怎么回事？汪立即脸色失血。他急忙把长筒袜拽下来揣进口袋里，同时又心虚地回头望了一眼。这回一眼看见了正在门缝探头窥视的黑猫。黑猫的眼神里有一种对老朋友的疑惑不解。

汪没好气地走过去踢了它一脚，粗暴地把门关死。咔嗒一声。这声音忽然让他记起他刚进来时明明是把门关死了的。

讨厌的猫和孙一样，随随便便就闯入他的生活。

汪再也无心吃面了。

他呆坐在床前。

忽然之间他有了一种感觉，自己似乎什么时候是跟孙亲热过。是什么时候呢？好像就是近在眼前的事。但不可能呀！自己这两天一直很忙，不仅工作忙，妻子调动的事也正在节骨眼儿上。可是的确像是有这么回事。隐隐约约的，自己和孙喝了酒，就上床了……外面似乎还下着雨，淅淅沥沥的，让人感到分外的孤单……但是自己怎么会和她上床呢？想是想过，还不止一次，那都是在夜深人静孤身躺在床上时瞎想的，不可告人。要是真干，就是借个胆儿给他他也不敢呀！据说相邻三年他们互相连门都没串过。

这时候传来敲门声。汪又心跳厉害起来。简直莫名其妙，做贼心虚我又没做贼。他骂自己，但却站不起身来。

门被推开了。是老刘。老刘一进屋，两眼就四处张望。一眼看到桌上那碗盘根错节没有一丝热气的面条，眼里就闪过一丝我小说里常用的"不易察觉的笑"。

汪觉得嘴里发干，想说话却说不出来。他记得自己明明把门关死了的，老刘怎么和黑猫一样说进来就进来了呢？这门关不死吗？那只红袖套刺得他眼睛发疼。

老刘沉着地说："老汪，怎么还不吃饭？"

汪干笑了一下，端起面碗。

"有什么心事吗？"老刘的语气听上去漫不经心，飘浮不定。

汪摇摇头，埋下脸去用力挑起几根干巴巴的面条。抬胳膊时，他感觉到老刘的眼睛在往他的衣服右下角盯。"袜子！"这念头一闪，他的手就剧烈一抖，面碗"啪"的一声掉在了地上，裂成两半。汪弯下腰手忙脚乱地去拾碗，同时以最快的速度塞了一下口袋。这才察觉袜子并未露出来,正老老实实挤成一团待在角落里呢!

但老刘已将他的一举一动尽收眼底。

"口袋里是什么好东西?"老刘不动声色地问。汪听来却有一种利器刮碗底的声音。他下意识地抱住了脑袋。

老刘靠拢过来,将大手伸进汪上衣的右边口袋。汪毫无抵抗,只将无穷的恐惧化成冷汗从额头上渐渐渗出。

老刘将肉色的一团掏出抖开,凝神片刻就露出了得意的笑容。现在他面对的不再是一个壮年男人而是一只羸弱的羊羔了。他一抬屁股坐到了床边的桌子上,居高临下地看着汪。汪垂着头,将刚才抱头的双手放下来撑在床沿上,以控制自己已经抑制不住的颤抖。

老刘忽然产生了一丝怜悯。我想那是叫怜悯,就如同我杀鸡时常有的那种情绪。怜悯不等于爱,我不需要怜悯。现在的一些杂志上常有这种句式。老刘更深刻地懂得这些。

汪觉得自己必须开口说话了。这种时候沉默就等于默认。必须说话必须出声!他非常清楚,哪怕放个屁也好。

"我,咳,我什么也没,咳咳,没做。"

一句非常不流畅非常无力的辩白。

老刘宽容地笑笑,说:"其实你不说,我也已经清楚了。有没有烟？"

汪是不抽烟的,但他总是备有好烟。这是这两年跑妻子调动时养成的习惯。他拿出一盒"翻塔"(全称为"翻盖红塔山香烟"),殷勤地递过去。自己也点燃一支,第一口吸进去就乔湿了烟嘴,还呛得咳了几声。

但不管怎么说,被烟这么一呛,汪觉得刚才麻木的思绪活过来了。他迅速调整了一下自己的情绪。干吗这么丧气？自己又没干什么! 必须硬起来,硬起来,否则……

所以咳过之后汪就大声说:"我什么也没干。"

老刘很惬意地吸着烟,并不搭汪的话茬,一口接一口地,还很认真。这使汪复又不安起来,他也继续吸烟,吸过后再次说:"我什么也没干。"但这回已经变成了一声嘟囔。

两支烟终于同时吸完。汪学着刘的样子按灭烟头。房间里烟雾轻漫,很有些神秘的味道。

老刘开始说话了。

"我知道你一直对小孙有好感。你不用否认。这没什么。那个女人老实说除了古怪点儿还是不错的,对不对？你一直想接近她可又不敢,对不对？昨天,小孙收拾打扮了一番比往日漂亮,你又动心了对不对？晚上你吃了饭,百无聊赖地在院子里乱转,还到我房门口站了一会儿对不对,九点多下起了雨你就回房间了对不对……"

老刘说这番话时,汪的表情是这样变化的:摇头—点头—涨红脸欲申辩—惊异地睁大了眼睛—低下头—低得更深。

老刘不再说话了,又点起一支"翻塔"。

在老刘的沉默中,汪蒙蒙眬眬进入了一种他所熟悉的体验过的氛围里。他默默地喝着酒,一种彻骨的寂寞浸透全身。他像幽灵一样站起来飘出屋去,穿过淅淅沥沥的雨声走进了孙的家……不对,好像没出门,是穿墙而过……也不对,是翻窗而过?总之是进了孙的家。孙也在独酌独饮。她的后窗洞开着,一个长方形的黑夜挂在墙上。孙时不时将酒杯伸出窗外,接几滴雨水。雨滴将暗红色的葡萄酒溅出好看的波纹。他痴痴呆呆地伸长胳膊,长得就像吊车的手臂,将自己杯中暗黄色的啤酒倒入孙的杯内。孙立即发出一种尖笑,在尖笑声中暗红色的葡萄酒与暗黄色的啤酒渐渐混合,变得清澈透明。"这是什么?"孙问。"鸡尾酒。"他答。孙当即流下了脆弱的眼泪,泪水落地的滴答声与窗外的雨声汇成好听的协奏曲。四目对望,两心破碎……无须再铺垫了,一切都是自自然然的,两人就上了床。上床之后的情景变得模糊起来,唯有雨声是清晰的,感觉也是清晰的,晕眩不已,非常尽兴……

"想清楚没有?"老刘恰到好处地开口了。

汪没有回答,他还在梦里。

而后自己匆匆溜回，忙乱中揣回一只孙的长筒袜，却将自己的一只拖鞋掉在阴沟里……但这怎么可能呢？自己昨晚明明喝了酒倒头就睡的，喝酒之前就咔嗒一声关死了门的，早上起来门也是关得好好的……不过自己这扇门是有些蹊跷，今天就出现了两次关不死的情况……

老刘看见汪面无表情地站起来往门口走，拉开门又"砰"的一声关上，关上后又使劲儿拉了两下。

"干什么？你想上哪去？"

汪听见老刘忽然严厉的声音就一怔。我是在梦里吗？他想。

其实他已无法弄清是此时的他在梦里还是昨夜的他在梦里。

老刘见汪又返回床边坐下，就俯下身问："想清楚了吧？"

汪抹了一下额头上不知何时渗出的冷汗，不敢正视老刘的眼睛，结结巴巴地说："好像是……好像是做梦……梦见她……"

老刘把身体又向前倾了三十度，汪感觉到他嘴里一股热烘烘的臭气，这臭气使他回到现实中，他确定了：现在不是梦，昨天夜里是梦。老刘说："做梦？嘿，日有所思夜有所梦嘛！不过既然是做梦，你怕什么？"

"我没有怕……"

"你不怕你为什么吃不下饭？你不怕你为什么东张西望？你不怕你为什么一直在淌虚汗？"

"我……我也不知道为什么……我真的是做梦……我什么也没干。"

"什么也没干你的拖鞋怎么掉在阴沟里了？什么也没干孙的袜子怎么会揣在你口袋里？"

"那是猫……"

"猫？你说孙的那只黑猫？它怎么不叼我的不叼别人的？哄孩子去吧！"

在这紧张的对话中，汪听到一大片玻璃瓦块的破裂声，这些碎瓦自动飞起来掷向他的四肢塞满他的喉咙，使他的话越来越短促直至无声。他觉得有些喘不过气。

老刘看见汪的双眼如得了甲状腺亢进那样鼓着，就生出几分怯意。他腾地一下从桌上跳下来说："你老老实实给我待着，哪也不准去。我一会儿就回来。"

门关得山响。

响过之后是可怕的寂静。

汪仍像面对着刘那样鼓着眼睛发呆。梦？自己确乎是在梦中与孙上过床……好像就是昨晚……天哪，莫非自己梦游了？梦游这种事可不是闹着玩儿的，那都是真干。莫非是自己在梦魇中擅自闯进了孙的家与她发生了性关系导致了她的自杀？

这结论让汪瘫软在床上。但他却确信这结论。不然一切的一切做何解释？

实际上汪只要再扩展一点儿思维就不会陷入这样的僵局了。那就是：他梦游了孙也梦游了吗？孙没梦游却接受了他的梦游吗？

但经过老刘审问过的汪却没有我这么冷静，他已经乱了阵脚。

看来自己就是罪犯，自己就是害死孙的罪犯。汪就这么反反复复地想着。

他反反复复想的时候就渐渐被一种绝望的情绪笼罩。我想那是一种走投无路难逃罗网死期临近的感觉，我从未体验过所以形容不好。但我知道这情绪对汪一定是支致命的毒箭。汪开始在绝望的情绪里勾勒自己的末日。

老刘一定到派出所报告去了，或许他是直接叫警车去了。接下来的内容一定是警车呜儿呜儿地叫着来铐走他，铐进公安局后在白纸黑字的横幅下一遍遍地审问他，审问之后是宣判之后是张榜之后是通知他的妻子来探望……

想到此汪的心碎了。他尤其不能想象的是妻子和小女来探监，她们一定会哭得披头散发眼睛红肿。结婚四年了，再苦再累妻子都没有抱怨过，只盼他能早些把她们娘儿俩迁到一起来住。他也努力了四年，而且眼看就要成功了,怎么自己就会熬不住了呢? 今后还怎么有脸见她们娘儿俩呢? 功亏一篑呀!

汪忽然间失声痛哭,号啕声使外面一直未断的嘈杂一下子消退。男人的号啕虽比不上女人凄厉却更令人心碎。这时门忽然又一次自动启开,进来的却是那只黑猫。谁说只有狗通人性呢? 猫也通的。黑猫难过地走过来卧在汪脚边一声不响,刚才疑惑的眼神此刻变成了一种同情。汪却不理它。他这会儿就像得了幽闭症,拒绝外部世界的一切。

但他还是给妻子留下了一封信。没人见到那封信,它后来被拿走成为一种证据。我想那上面无非是请求原谅自己罪该万死之类。汪本来是想亲自去邮寄的,但门却怎么也拉不开。

汪不由得生出了最后一次疑虑——这门的开关启合怎么总是由不得我呢? 紧接着他又生出了此生最后一点恼怒——我就不信,我偏要关死它。

于是他稍稍动了一下脑子——在环视房间四壁之后。

他还为自己想出的主意生出了最后一丝得意。

然后他就狠狠地恨着那只黑猫。他恨它竟敢肆无忌惮地与他对视。黑猫对他的恨丝毫不退缩,这使他大为光火,走过去将那只黑猫从窗户丢出去。黑猫大叫着,我想它是想解释这一切。但很遗憾汪根本不想听。

可黑猫丢出去后汪觉得它的眼睛仍留在屋里,并幻出无数双猫的眼睛在房间四壁闪烁着。汪想,只好闭上自己的眼睛了。他站起来,开始实施刚才的计划。

就这么着,汪为自己的故事打上了句号。

据说那个曾与汪开玩笑的老女人当时受老刘之托正坐在离汪房门十步之遥处"严密监视"着,监视着监视着她就打起瞌睡来。蒙眬中她忽然被一阵强烈的嘭嘭声惊醒。她腾地站起来发现响声来自监视对象的房门。她连忙跑过去想探个究竟。嘭嘭嘭嘭的踢打声强烈无比好似要把门板踢穿。老女人顿觉情况不妙赶紧去推门。费了九牛二虎之力只推开一条缝且很快又闭合了,好似门背后抵着沉重的东西。这当口踢打声已渐弱渐无。

老女人唤来两个老男人砸开汪的后窗翻了进去。于是他们就有幸成了第一个目睹汪遗容的人,如同汪当初目睹孙那样。

据他们口述:汪将自己挂在屋门的门楣上,后背死死抵着门板。脖子上套了一根最多两尺长的尼龙绳,绳子的结法也不讲究,仅仅是呈 O 状系在门楣上。脚下是一张踢翻了的一尺高的小竹椅,也就是说汪悬起的双脚也仅距地面一尺多。

那强烈的嘭嘭声便是汪在最后挣扎时双脚踢打在门上发出来的。我想那是真正的垂死挣扎,在最后一刻

222

他一定是不想死的。

写到这儿我的脖子便有一种清晰的被勒紧的感觉。非常难受。

汪死后的第三天,案子就破了。

原来和孙发生性关系的那个男人是孙刚刚结识的新男友。据这位中年丧妻的男人说,"事儿"是在他家里干的,且是孙自愿的。当时孙也没有表示任何不快(当然也谈不上愉快)。他怎么也没有料到孙会因此自杀,他的恐惧大大多于内疚。想不到他差点儿要与之结合的女人是这样一个怪人,真是后怕。中年男人已两天不思茶饭了。

至于孙为什么会如此莫名其妙地自杀,据心理学家分析,是因为她少年时那次伤害太深,以致使她连正常的男女欢爱都无法承受。

至于汪为何也去自杀,据犯罪学家分析,是他的确在梦中与孙发生过性关系,因此摆脱不了犯罪感,就把自己套了进去。

至于汪的拖鞋为何会掉在阴沟里孙的长筒袜为何会在汪的碗柜上,据养猫专家分析,那的确是黑猫所为。猫们常有这种低劣的行径。

一切真相大白。

但501院子里的人们却再也兴奋不起来了,毕竟在一天之内连死了两人。这种千年不遇的事远远超过了501院子里人们的心理负荷能力。他们从此小心翼翼地过日子,小心翼翼地与人相处。甚至小心翼翼地做梦。

只有老刘鹰隼般的眼睛仍在四处晃动(没有什么专家去分析他在那个案件中所扮演的角色是否合法)。他还从此多了一个话题:汪是罪有应得。谁叫他做梦还干风流事?

至于我,你一定会问,你是怎么知道这么详细的?你在这里面扮演的谁?

其实我谁也没扮演。我那天去看孙,别人就告诉我孙已经死了一星期了。另外又顺便告诉我,孙自杀后她隔壁那个单身男人也自杀了,他以为是自己强奸了她。就这么简单。我就繁衍了这篇小说。